北欧
文学译丛

屋顶上
星光闪烁

I taket lyser
stjärnorna

[瑞典] 乔安娜·瑟戴尔 著

王梦达 译

中国国际广播出版社

绚丽多姿的"北极光"

——为"北欧文学译丛"作的序言

石琴娥

2017 年的春天来得特别地早，刚进入 3 月没有几天，楼下院子里的白玉兰已经怒放，樱花树也已经含苞待放了。就在这样春光明媚、怡人的日子里，我收到中国国际广播出版社文史编辑部主任张娟平女士打来的电话，想让我来主编一套当代北欧五国的文学丛书，拟以长篇小说为主，兼选一些少量有代表性的短篇小说、诗歌等，篇目大约为50—80 部左右。不久之后，中国国际广播出版社的王钦仁总编辑和张娟平主任又郑重其事地来到寒舍，对我说，他们想做一套有规模、有品位的北欧文学丛书，希望能得到我的支持，帮助他们挑选书目、遴选译者，并担任该丛书的主编。

大家知道，随着电子阅读器和智能手机的普及，越来越多的人通过电子设备来阅读书籍。在目前的网络和数码时代，出现了网络文学、有声书和电子书，甚至还出现了人工智能创作的作品，纸质书籍受到极大冲击，出版纸质书籍遇到了很大困难。有的出版社也让我推荐过北欧作品，但大都是一本或两本而已，还有的出版社希望我推荐已经过版权期的作品，以此来节省一些成本。而中国国际广播出版社却希望出版以当代为主的作品，规模又如此之大，而且总编辑又亲临寒舍来说明他们的出版计划和缘由，我被他们的执着精神和认真态度所感动，更被他们追求精神品位的人文热情所感动。我佩服出版社的魄力和勇气。面对他们的热情和宝贵的执着精神，我怎能拒绝，当然应该义不容辞地和他们一起合作，高质量、高品位地出好这套丛书。

大家也许都注意到，在近二三十年世界各国现代化状况的各类排行榜上，无论是幸福指数，还是GDP或者是人均总收入，还是环境保护或者宜居程度，从受教育程度和质量、医疗保障到养老、失业等社会保障，还有从男女平等到无种族歧视，等等，北欧五国莫不居于世界最前列，或者轮流坐庄拿冠夺魁，或是统统包圆儿前三名，可以无须夸张地说，北欧五国在许多方面实际上超过了当今世界霸主美国，而居于当今世界发达国家最前列，成为世界现代化发展中的又一类模式。

大家一般喜欢把世界文学比作一座大花园，各个时期涌现出来的不同流派中的众多作家和作品犹如奇花异葩、争妍斗艳。北欧文学是这座大花园里的一部分，国际文学中，特别是西欧文学中的流派稍迟一些都会在北欧出现。北欧的大自然，由于地理位置、自然环境和气候条件，没有小桥流水般的婀娜多姿，而另有一种胜景情致，那就是挺拔参天、枝叶茂盛的大树，树木草地之间还有斑斓似锦的各色野花和大片鲜灵欲滴的浆果莓类。放眼望去，自有一股气魄粗犷、豪放、狂野、雄壮的美。北欧的文学大花园正如自然界的大花园一样，具有一股阳刚的气概、粗豪的风度。它的美在于刚直挺立、气势崴嵬。它并不以琴瑟和鸣般珠圆玉润和撩拨心弦的柔美乐声取胜，却是以黄钟大吕般雄浑洪亮而高亢激昂的震颤强音见长。前者婉转优雅、流畅明快，后者豪迈恢宏、气壮山河。如果说欧洲其余部分的文学是前者的话，那么北欧文学就是后者。正如鲁迅所说，北欧文学"刚健质朴"，它为欧洲文学大花园平添了苍劲挺拔的气魄。以笔者愚见，这就是北欧五国文学的出众特色，也是它们的长处所在。

文学反映社会现实。它对社会的发展其功虽不是急火猛药，其利却深广莫测。它对社会起着虽非立竿见影却又无处不在的潜移默化作用。那么，北欧各国的当代文学作品是如何反映北欧当代社会的呢？它对北欧各国的现代化发展是不是起了推动促进作用了呢？也许我们能从这套丛书中看到一些端倪。

北欧五国除了丹麦以外，都有国土位于北极圈或接近北极圈。北极光是那里特有的景象。尤其到了冬天夜晚，常常能见到北极光在空中闪烁。最常见的是白色。当然有时也能见到五彩缤纷、绚丽多姿的北极光。北欧五国的文学流派众多，题材多样，写作手法奇异多姿，犹如缤纷绚丽的北极光在世界文坛上发光闪烁。

北欧包括 5 个国家：丹麦、芬兰、冰岛、挪威和瑞典。讲起当代的北欧文学，北欧文学史上一般是从丹麦文学评论家和文学史家勃朗兑斯（Georg Brandes，1842—1927）于1871 年末在丹麦哥本哈根大学所作的《十九世纪文学主流》算起，被称为"现代突破"。从 19 世纪的 1871 年末到目前21 世纪的 2018 年近 150 年的时间里，一大批有才华的作家活跃在北欧文坛上。在群英荟萃之中，出现了几位旷世文豪，如挪威的"现代戏剧之父"亨利克·易卜生，瑞典文学巨匠——小说家、戏剧家斯特林堡和荣获诺贝尔文学奖的第一位女作家、新浪漫主义文学代表塞尔玛·拉格洛夫，丹麦

1944年诺贝尔文学奖获得者约翰纳斯·维尔海姆·延森和芬兰的批判现实主义作家约翰·阿霍等。"北欧文学译丛"拟以长篇小说为主,间选少量短篇作品,所以除了易卜生,因其作品主要是戏剧外,其他几位大家的作品我们都选编进了本系列。这些巨匠有的是当代北欧文学的开创者,有的是北欧当代文学中各种流派的代表和领军人物,都是北欧当代文学中的重要作家,他们的作品经历了时间考验。

在北欧文坛中,拥有众多有成就有影响的工人作家是其一大特色。有的还获得了诺贝尔文学奖,成为世界级的大文豪。这些工人作家大多自身是农村雇工或工人,有过失业、饥饿或其他痛苦的经历,经过自学成为作家。他们用笔描写自己切身的悲惨遭遇,对地主、资产阶级剥削和压榨写得既具体细腻,又深刻生动。正是他们构成了北欧20世纪以来现实主义文学的主流。在这些工人作家中最突出的有丹麦的马丁·安德逊·尼克索和瑞典的伊瓦尔·洛-约翰松等。对这些在北欧文坛上占有重要地位的工人作家的作品,我们当然是不能忽略的,把他们的代表作选进了这套丛书之中。

除了以上这些久享盛誉的作家外,我们也选了新近崛起的、出生于1970和1980年代的作家,如出生于1980年的瑞典作家乔安娜·瑟戴尔和出生于1981年的挪威作家拉斯·彼得·斯维恩等。他们的作品在北欧受到很大欢迎,有的被拍成电影,有的被搬上舞台。这些作品,虽然没有经历过时间的考验,但却真实地反映了目前北欧的现状,值得收进本丛书之中。

从流派来看,我们既选了现实主义作品,也不忽略浪漫主义、超现实主义和意识流的作品,力求使读者对北欧当代文学有个较为全面的印象。从作家本人的情况看，我们既选了大家公认的声誉卓越的作家的作品，也选了个别有争议作家的作品，如挪威作家克努特·汉姆生，他是现代挪威、北欧和世界文坛上最受争议的文学家。他从流浪打工开始，1920年成为诺贝尔文学奖得主，晚年沦为纳粹主义的应声虫和德国法西斯占领当局的支持者，从受人欢呼的云端跌入遭国人唾骂的泥潭，而他毕竟是现代主义文学和心理派小说的开创者和宗师，在20世纪现代文学中扮演了承上启下的转型角色。我们把他的"心理文学"代表作《神秘》收进本丛书。这部作品突破传统小说的诸多常规要素，着力于通过无目的、无意识的内心独白，以及运用思想流、意识流的手法来揭示个性心理活动，并探索一些更深层次的人生哲理。1978年诺贝尔文学奖得主、美国作家艾萨克·辛格说："在我们这个世纪里，整个现代文学都能够追溯到汉姆生，因为从任何意义上他都是现代文学之父……20世纪所有现代小说均源出汉姆生。"我们把这个有争议作家的作品选入我们的丛书，一方面是对北欧和世界文学在我国的译介起到补苴罅漏的作用，另一方面也可进一步了解现代文学的来龙去脉，以资参考借鉴。

总之，我们选材的宗旨是：把北欧各国文学史中在各个时期占有重要地位作家的代表作收进本丛书。虽然本丛书将有50—80部之多，但是同150年的时间长河和各时期各流派的代表作家和作品之多比起来，这些作品还是不能把所有重要作家的作品全部收入进来。譬如瑞典作家扬·米尔达尔（Jan Myrdal，1927—　）是20世纪60年代中期出现的一种新兴文学——报道文学的代表人物之一，他的《来自中国农村的报告》（1963）成为当时许多国家研究中国问题的必读参考材料，被译成十几种文字多次出版。尽管他的这本书因材料详尽、内容真实、记载细腻而风靡一时，但在这套丛书中，不得不割爱，而是选了其他在国际上更为著名的瑞典作家作品。

本丛书中的所有作品，除了极个别以外，基本都是直接从原文翻译，我们的目的是想让读者能够阅读到原汁原味的当代北欧文学。同英语、俄语、法语等大语种翻译比起来，我们直接从北欧语言翻译到中文的历史不长，译者亦不多，水平不高，经验也不足，译文中一定存在不少毛病和欠缺之处，望读者多多包涵，也请读者给我们提出宝贵的建议和意见，便于我们改进。

本丛书能够付梓问世，首先要感谢中国国际广播出版社社长张宇清先生和总编辑王钦仁先生，没有他们坚挺经典文化的执着精神和开拓进取的勇气，这部丛书是不可能跟读者见面的。我还要感谢本书所有的编委，是他们在成书过程中做了大量工作，从选材、物色译者到联系有关国家文化官员和机构，都付出了辛勤的劳动。不仅如此，他们还亲自翻译作品。没有他们的默默奉献和通力合作，这部丛书是难以完成的。在编选过程中，承蒙北欧五国对外文化委员会给予大力帮助和提供宝贵的意见，北欧五国驻华使馆的文化官员们也给予了热情关怀，谨向他们致以衷心的感谢。对编选工作中存在的疏漏和不足，还望读者们不吝指正。

2018 年 6 月

于北京潘家园寓所

石琴娥，1936年生于上海。中国社会科学院外国文学研究所北欧文学专家。曾任中国－北欧文学会副会长。长期在我国驻瑞典和冰岛使馆工作。曾是瑞典斯德哥尔摩大学、丹麦哥本哈根大学和挪威奥斯陆大学访问学者和教授。主编《北欧当代短篇小说》、冰岛《萨迦选集》等，为《中国大百科全书》及多种词典撰写北欧文学、历史、戏剧等词条。著有《北欧文学史》、《欧洲文学史》（北欧五国部分）、"九五"重大项目《20世纪外国文学史》（北欧五国部分）等。主要译著有《埃达》《萨迦》《尼尔斯骑鹅旅行记》《安徒生童话与故事全集》等。曾获瑞典作家基金奖、2001年和2003年国家图书奖提名奖、第五届（2001）和第六届（2003）全国优秀外国文学图书奖一等奖、安徒生国际大奖（2006）。荣获中国翻译家协会资深荣誉证书（2007）、丹麦国旗骑士勋章（2010）、瑞典皇家北极星勋章（2017）等。

译　序

　　2003 年 11 月，瑞典奥古斯特文学奖在斯德哥尔摩音乐厅颁出。贡献出年度最佳虚构类文学的是瑞典学院院士，九人协会会员，出生于 1933 年的谢什婷·埃克曼。年度最佳非虚构类文学奖项由资深心理医生兼纪实文学作家，出生于 1938 年的尼尔斯·乌登贝里摘得。站在两位文学前辈旁边的，则是年度最佳青少年文学作者，出生于 1980 年的乔安娜·瑟戴尔，而《屋顶上星光闪烁》一书，正是象征她进入文坛的处女作。

　　《屋顶上星光闪烁》的情节并不复杂：十三岁的珍娜刚刚迎来初中生涯，黑头发黑眼睛的帅哥萨卡令她怦然心动，漂亮高调的校花乌丽卡则让她颇感烦恼；自幼相依为命的妈妈得了癌症，情况越来越糟，爱管闲事的外婆因此突兀地闯入她的生活；与此同时，她和闺蜜苏珊娜的友谊也在发生微妙的变化……这些片段细碎而繁琐，生活化得甚至有些平庸，那么，这本书的魅力究竟从何而来呢？

　　首先必须承认的是，这的确是一本非常典型的瑞典小说。所谓典型，不仅体现在环境和背景的设置，人物性格和爱好的定位，还贯穿于全书各处的细枝末节。比如学校的八卦话题发源地——储物柜和更衣室；瑞典人惯常光顾的商店——奥伦斯连锁百货和伊卡超市；代表成人世界的社交场所——咖啡馆和周末派对。这些瑞典元素的注入，让整本书充满了丰盈的北欧风情。

　　其次就要谈到整本书的主题。在谈及初试牛刀便惊艳四座时，乔安娜谦虚地表示，自己写作的初衷是"选取真实的素材，讲述身边发生的故事"。正因如此，我们在书中每一个人物身上都能找到似曾相识的熟悉感：珍娜因为暗恋所表现的患得患失，丽芙面对病痛假装坚强下的脆弱，苏珊娜在友情危机中的敏感和多疑。人物关系的相互制约和牵连同样透出强大的张力，有力地推动了整体情节的发展。正如乔安娜自己所说，"我喜欢描写人与人之间的关系，（这种关系）不是单一的，永恒的，而是复杂的，多变的。"包括在之后出版的几本小说里，乔安娜都写到了因为一方的遗弃所造成的单亲家庭。"我并不回避这一现象，"乔安娜坦诚，"亲子关系中的遗弃一定会造成某些影响，从而引发连锁反应。作为子女，如何看待自己被遗弃的过去，并且在可能的阴影下继续生活，是挑战，也是成长。"

最后值得一提的是小说中的最大亮点：诗歌。青少年文学作品中，诗歌并不是一个常见的元素，甚至，为了避免可能刻意煽情和故作成熟的嫌疑，作者会有意识删除掉诗歌的部分，但在这本书里，诗歌不仅是贯穿整本书的线索，也是切题的关键：

天花板上是一颗颗的夜光星星，其中一颗后面藏着一首诗。一句承诺。

妈妈，如果你死了，我就结束自己的生命。

虽然内容沉重，但字里行间透出的那种青春期少女赌气叛逆的意味，在很大程度上化解掉原本阴郁的色彩。瑞典女导演丽萨·斯薇在决定购买小说版权并将其改编成电影时表示："不同时间阶段出现的同一首诗，都能给读者渐进性的全新感受。我们从中能读出珍娜的迷惘和绝望，也同样见证她的成长和坚强。"

2009年，由小说改编的同名电影一经面世，立刻在整个北欧掀起巨大风潮。不同于同时代青春电影充满幻想的浪漫，《屋顶上星光闪烁》有着近乎残酷的冷静，在平实中透出温情。尤其是纠缠在三代人之间的爱恨情仇，也为侧写青春独辟蹊径，让人眼前一亮。在电影的结尾，珍娜跟随外婆坐上前往泰国的飞机，透过舷窗望着漂浮在天空中的朵朵白云，嘴角微微上扬出一个美好的弧度。和原著相比，电影的处理显得更为浪漫和戏剧化。然而在结束了泰国之旅后呢，我宁愿相信，珍娜终归会回到小说中的结局：

在城市另一边的一个公寓房间内，一个女孩很快会爬上梯子，将夜光星星一颗一颗贴在天花板上。

夜幕降临后，这些星星会发出柔和而温暖的光。

女孩会选出其中最大的一颗，在后面贴上一张纸条。那是一首诗，学校的瑞典语课上，老师要求大家以爱为主题写一首诗，她写好后，改了又改。

这首诗很短。

只有两行。

这两行是什么呢？还有待读者自己去寻找。

王梦达

2018 年 6 月

王梦达，北京外国语大学瑞典语言文学专业硕士，现任上海外国语大学瑞典语专业讲师。曾翻译作品：《罗兹挽歌》（复旦大学出版社，2010 年）、《与沙漠巨猫相遇》（天天出版社，2011 年）、《龙思泰和来自中国的信》（澳门基金会，2014 年）、《荒废的时光》（译林出版社，2015 年）、《沙狼的故事》（浙江少年儿童出版社，2017 年）、《最奇特的动物》系列（人民文学出版社，2017 年）。

致马格努斯

妈妈，如果你死了，我就自杀。

一定的。

我会自杀。

不，自杀这个说法不够委婉。

应该说自我了断，

亲手结束自己的生命。

没错。

妈妈，如果你死了，我就结束自己的生命。

作者：珍娜·威尔松

科目：瑞典语

班级：七年级 C 班

妈妈要和你说件事。

这是她的原话，透着那种熟悉的口吻。成年人的口吻。珍娜靠在妈妈卧室的门边，胳膊下面紧紧夹着毛绒小熊拉格纳。妈妈半躺在床上，用一条质地粗糙的毛毯裹住身体，神色凝重。

妈妈要和你说件事。

这是她的原话，当时珍娜下意识地接了句：什么事？说吧！或是别的什么。时间过去太久，她也记不清了。

七年四个月又十六天。

珍娜终于鼓足勇气，踩着印有小老鼠图案的棉袜踏过嘎吱作响的木地板，挪到妈妈的床边，坐在柔软的被罩上。妈妈握住珍娜的手时，窗外正下着雪，雪花打着旋儿在窗框上撞得粉碎。它们不会痛吗？珍娜不由在心里嘀咕。

珍娜，妈妈捕捉到女儿游移的目光，试探地开了口。珍娜，你在听吗？

珍娜点点头，将拉格纳抱得很紧很紧。

你知道的，珍娜，妈妈继续说道，我生病了。这个病，怎么说呢，不像你复活节时那样，吐两次就好了。不是的，不那么简单。我的病要严重得多。今天我去医院了，医生说……

妈妈顿了顿。

珍娜屏住呼吸，等待着。

拉格纳也屏住呼吸。

雪花一片一片继续撞向窗框。

珍娜，妈妈说。我得了癌症。乳腺癌。

第一章

"等等！"珍娜边挥手边嚷嚷。"他来了！快蹲下！"

珍娜和苏珊娜推着自行车躲在一大丛灌木后。尽管知道自己鬼鬼祟祟的模样看起来愚蠢透顶，她俩还是硬着头皮站在原地。苏珊娜满心巴望他们赶紧走，珍娜则有着自己的小心思。

苏珊娜稍稍欠了欠身，眼镜顺着鼻梁滑落下来。她不耐烦地向上推了推。

"就你事多，珍娜。"她嘟囔着，不小心用手肘蹭到了车铃铛。

灌木丛后立刻发出了一阵清脆的铃声。

"嘘！当心点！"珍娜压低嗓门，瞪了她一眼，"你能不能严肃点！"

"严肃？你管这么做叫严肃？"

苏珊娜哼了一声。珍娜没搭腔，她好容易在灌木丛中扒拉出一个窥孔，正将身体凑上前去往外看。树叶磨蹭过她的脸颊，刺刺痒痒的。他出现了，就是他。萨卡利亚斯。萨卡。九年级 A 班的萨卡。学校年刊第二十二页的萨卡。坐着的那排，左起第二个的萨卡。黑头发，连帽衫搭配破洞牛仔裤的萨卡。

珍娜的萨卡。

这么说不够准确，应该是。

珍娜未来的萨卡。

"你打算等到什么时候？"苏珊娜一边抱怨，一边伸了伸胳膊。

又是一阵车铃铛的叮叮当当。

"嘘！"珍娜做出噤声的手势。

萨卡正和同班的几个男生正站在那儿聊天。有托伯，有尼克，还有珍娜总记不住名字的一个。他们笑得前仰后合，珍娜立刻辨认出萨卡的笑声。再嘈杂的人群里，她也能第一时间捕捉到萨卡的声音。

哪怕有成千上万的人。

"我走啦。"苏珊娜说。

透过灌木丛中的窥洞看过去（这种观察方式的确称不上严肃，可珍娜不在乎），不知谁开了个玩笑，尼克在萨卡的背上重重捶了一拳，萨卡迅速予以回击，几个男生于是打闹起来。萨卡的笑容是最迷人的，阳光下，他的黑发泛出亮泽，整个人都在**熠熠闪光**。天哪，他也太帅了吧！一，二，三！男生们陆续跳上自行车，托伯，尼克和珍娜总记不住名字的那个朝一个方向骑，萨卡朝另一方向骑。

珍娜家的方向。

"快，"珍娜急忙说，"赶紧跟上。"

"喂，我们又要偷偷摸摸地跟着？"苏珊娜咕哝着，"你都多大了？"

"快点嘛。反正他和我们一个方向。"

"一个方向怎么了？难不成今天你会主动打招呼？"

"还真说不定。"

"哈，这话可不像是你说的。"

“你什么意思？你老这么打击我，没劲！走吧走吧。”

珍娜跨上自行车，赌气地蹬掉脚撑。苏珊娜将胳膊搭在她肩膀上。

“我的意思是，你们一直都住同一个楼道，”苏珊娜说，“又不是一天两天的事了。你以前从来没和他搭过话，今天怎么突然变了？”

“我说，快走吧。”

珍娜一肚子火，苏珊娜想都不想就脱口而出，根本不在乎这些话的杀伤力有多大。

苏珊娜叹口气，摇摇头。珍娜也叹了口气，摇了摇头。她们拼命踩着脚踏板，不远不近地尾随着黑头发的萨卡，生怕被对方发现。不过在内心深处，珍娜隐约期待着有一天萨卡终究能看见自己，当然，一定要在合适的时间，合适的地点。

就是这样。

所谓邻里和睦的定义，大概是和周围邻居的关系都比较融洽。不过对于珍娜而言，同一个楼道里的住户，她只对萨卡感兴趣。三楼，住在养狗阿姨家正对面的萨卡。

都怪苏珊娜骑车太慢，珍娜又一次和浪漫邂逅擦身而过——和萨卡在自行车棚的不期而遇。她曾经无数次地设想过他们相遇的巧合，可能在同一时刻刹住车跳下来，可能刚好选择同一根锁车柱，可能不小心迎头撞个满怀——呃，撞在一起就算了，车轮稍微刮擦一下就好了。

然后他们相视一笑。

开始攀谈起来。

可苏珊娜实在是太慢吞吞了，珍娜蹬着脚踏板冲进车棚时，通往楼道的大门正在萨卡身后徐徐关闭。多好的机会啊，就这样白白溜走了。

"真倒霉。"珍娜一边嘀咕，一边努力将自行车挪到萨卡的附近。

不行啊，没位置了。旁边刺眼地停着一辆漂亮的女式自行车——珍娜一眼就认出来了，那是乌丽卡的。

乌丽卡和珍娜也住同一个楼道。她们在同一所小学上完低年级、中年级和高年级，而现在——想到这里，珍娜愤愤地攥紧了拳头——她们又被迫进入同一所初中继续成为同学。

七年级 C 班。

七年级 C 班的同学。

珍娜最讨厌的乌丽卡目前正在和一个名叫亨克的男生交往。亨克九年级，经常骑一辆电动车载着乌丽卡兜风。每当他递上头盔的时候，珍娜都在心里暗暗叫好，因为戴了头盔的乌丽卡变丑不少。亨克自己则用一顶足球帽压住一头蓬松的红发。乌丽卡和亨克在一起刚满三周。之前她的男朋友是卡勒，卡勒之前是卢卡斯，再往前依次是帕特里克、强尼和菲利普。

所有男生都喜欢乌丽卡。

巫婆乌丽卡！

就是这样，大家似乎都对她着迷到不行，包括她刻意染过的金发，长到吓人的睫毛，还有粉底过厚、近乎惨白的那张脸。她闪亮的指甲、浓郁的香水，以及紧绷的打底衫都成为潮流的风向标，甚至连门牙间的牙缝都备受大家追捧。珍娜觉得挺难看，对于其他人来说，牙缝本身的确算个瑕疵，不过在乌丽卡身上，一切都那么完美。

珍娜越想越气，冲着乌丽卡的自行车不轻不重地踹了一脚泄愤，这才往公寓走去。

"我回来啦！"珍娜一走进门厅，就闻到一股辛辣的洋葱味。

"好，好。"厨房里传出妈妈的回话。

紧接着是一声沉重的闷响。

似乎有什么重重地撞在了地上。

"妈妈！"珍娜急忙喊道，鞋子还来不及脱就冲进了厨房。

不过珍娜担心的情况并没有发生。眼前的景象是，满头大汗的妈妈正艰难地弯下腰，试图去捡掉落在地板上的拐杖。

虚惊一场。

掉了一根拐杖。

仅此而已。

妈妈冲珍娜挤出一个微笑，烹煮洋葱的热气，将她的脸颊熏得红扑扑的。

珍娜舒了口气。

"我还以为，"她下意识点了点头，"你又……那什么了。"

妈妈的微笑瞬间凝固了。

"怎么可能，我不会再摔跤了，"她说，"帮下忙吧？"

珍娜走上前，从地板上捡起拐杖。拐杖把手设计得很舒适，上面还留有微温的热度，珍娜不由打了个寒战，妈妈倒是镇定自若地接过去了。

"你坐着歇会儿吧。"珍娜边说，边将煮锅端下炉灶。

珍娜逐一摆放好餐具，妈妈略显笨拙地在椅子上坐下来，脸上流露出纠结的神情。

"今天又很疼吗？"珍娜在妈妈对面坐下，小心翼翼地问道。

妈妈点点头，仰头喝了一大口水。珍娜不想多问，不想多听，甚至不想发生眼神接触。她将意大利面一股脑儿倒进盘子，大勺大勺地浇上番茄酱汁。

"你今天在学校过得怎么样？"妈妈边问，边盛了点沙拉。

她的食量越来越少了。

"和平常一样呗。"珍娜答道。

"和平常一样？你升了初中，新的学校，新的环境，这么快就和平常一样了？"

珍娜点点头，用力嚼碎嘴里的食物，溅出的番茄酱汁染红了白色桌布。珍娜由衷地讨厌升入初中的感觉。一切都没变，简直让人抓狂。

"那你没认识什么朋友吗？"妈妈继续问。

"我认识苏珊娜啊。"

"这我知道。其他新同学呢？生活还是应该有点变化的，总和一个人在一起多没劲啊，是吧，珍娜？"

珍娜抬头看着妈妈，胸中升起一股压抑不住的怒火。

妈妈从小就是焦点人物，珍娜对此早有耳闻。外婆一直絮絮叨叨地回忆丽芙潇洒的少女时代，丽芙成百上千个追求者，丽芙夜不归宿的"黑历史"。在翻看相册里那些老照片时，珍娜亲眼见证了妈妈曾经的辉煌：在沙滩上晒着太阳、身材苗条的妈妈；毕业典礼时，脖子上套着花环的妈妈；和第一任男朋友拉瑟牵手时的妈妈；被古拉、莱拉、奇奇、维奇这些朋友簇拥着的妈妈；和第二任男朋友罗格依偎在一起的妈妈；聚会时在桌上跳舞的妈妈；还有和之后历任男朋友的合影：第三任，比约恩，第四任，英格玛，第五任，罗尔夫。

拉瑟，罗格，比约恩，英格玛，罗尔夫。

珍娜能一个一个报出名字。

保留回忆是很重要的，妈妈总是将这句话挂在嘴边，一有机会就拿出照相机摆弄。记住曾经发生的事情，并保留下来，这是很重要的。

珍娜不知道自己成天在忙些什么，也不知道现在的一切有什么值得保留下来。珍娜不像巫婆乌丽卡那么备受瞩目，当然从另一方面来说，她也没遭受过歧视或欺凌，至少不像蒙古女玛琳那么悲惨。

珍娜过的就是平平凡凡、普普通通的生活。

"我认识苏珊娜，"珍娜再一次强调，"这就够了。"

妈妈点点头，不再说话。可珍娜知道她心里还在惦记着，这比嘴上说出来还可怕。

"对了，"为了打乱妈妈的思绪，珍娜没头没脑来了一句，"有张表格需要你签字。"

"是吗？"妈妈愣了一下，"什么表格？"

"哦，就是布丽塔，我们的新班导师，她一直在嚷嚷筹备九年级毕业旅行的事。我们都觉得还早呢，可她非说攒钱这事一定得趁早，所以她建议尽快召开一个筹备会，家长和学生都可以参加。每个人都要填一张意向表，写明家长是否出席。"

妈妈干咳了几声，嗓子眼儿里似乎堵了什么。珍娜的胃不由隐隐作痛。

"什么时候开会？"妈妈问。

"大概过三个礼拜左右吧。"

"这样啊……那不正好是……到时候要看我身体怎么样……具体情况要等到……"

珍娜明白妈妈指的是什么。她不愿多听一句，她已经听够了。

"我知道，"她打断了妈妈的话头，加快了咀嚼的速度。

"……化疗结束之后。"妈妈继续说道。

"我知道。"珍娜重重地重复了一遍，恼火地瞪着妈妈。妈妈则将目光藏在水杯里叮当作响的冰块中间。

化疗。都是因为它，妈妈每次从医院回家之后，都会虚弱不已，昏昏欲睡。都是因为它，外婆会住过来帮忙料理家务，对着珍娜絮絮叨叨。都是因为它，珍娜必须将自己反锁在房间里，把肯特乐团的音乐开到震耳欲聋。

珍娜恨它。

该死的化疗。

珍娜吃完最后一口，决定在表格上的出席和不出席两栏内都打上钩。保险起见嘛。

第二章

一吃完饭，珍娜立刻去了马场。

这将是自己最后一次出现在马场。珍娜这么想着，恰好看见苏珊娜站在马厩里料理马匹，她决定将这个消息第一时间通知对方。

"我不打算骑马了。"

苏珊娜转过身来。马厩里最壮实的那匹，名叫雨果的骏马，也跟着冲珍娜摇了摇脑袋。它一对棕色的眸子让人联想起萨卡。咳，也没有那么像啦，不过的确有某种类似之处。

"你说什么？"苏珊娜困惑地问，"怎么说不骑就不骑了？为什么？"

珍娜耸了耸肩膀，马靴在满地的锯木屑里蹭出一道道划痕。

"我就是不想骑了。觉得没劲，没以前好玩了。"

"没劲？你前两天不是才训练迪克斯跨越障碍栏嘛！现在她腾空的姿态，总算像那么回事了，能看出……"

"能看出是匹马了。"

珍娜自嘲地笑起来。苏珊娜违心地干笑了两声算是附和。

"嗯，"她拿起刷子梳理雨果背上的皮毛，"能看出是匹马了。"

珍娜靠在墙上，做了个深呼吸。马厩里的温热气息涌入她的鼻孔，暖暖地包裹住她的身体，蔓生出一种特别的安全感。真令人贪恋啊，可是，她仍然决定退出。

"就是因为乌丽卡和卡罗那天说，骑马特别落伍吗？"

珍娜又耸了耸肩，不置可否，再一次将目光移到脚下。趁着说话的工夫，她已经用马靴在锯木屑中画出一个心形。

"她们这么说的吗？"珍娜反问。

"你不也听见了嘛。"

"我当然没听见她们这么说！就算说了，也和我的决定无关。"

苏珊娜加重了手里的力度，雨果舒服地眯起眼睛享受起来。珍娜不由浮想联翩：如果她有机会能像这样抚摸萨卡的背，对方大概也会惬意地闭上眼睛，那画面该有多温馨，多恬静啊。幸福大概就是这个模样吧。

"反正打明天起，我就不骑马了，"珍娜说，"就这样吧。"

"那你今天干吗还过来？你又没课。"

"我就是不想待在家里。"

"出什么事了？"

"咳，没什么，没出什么事。"

"真的？"

"当然，我都说了没事！"

苏珊娜是珍娜在这个世界上最要好的朋友，她们的友谊要追溯到上幼儿园时，苏珊娜递给珍娜香橡皮的那一刻。对于珍娜来说，苏珊娜是那个随时会和自己分享喜悦，周末会留自己在家过夜，平时会手挽手和自己亲密同行的人。

近乎完美的苏珊娜·弗丽达·艾玛·尼尔松。

近乎完美，因为她不能解决所有问题。

"要我帮忙吗？"珍娜走上前去。

苏珊娜气还没消，爱答不理地耸耸肩。

"你帮我拽住缰绳吧。"她嘟哝了一句。

珍娜回家的时候，妈妈正在换睡衣。卧室里那台小电视机正在播报新闻，展示着世界各地发生的惨剧。

"马场那边都还好吧？"妈妈一边问，一边脱下长筒袜。

"还行。"珍娜答应了一句。

她仰面躺倒在妈妈的床上，盯着天花板一动不动。

"你骑马了吗？"

"没。"

珍娜扭过头望向妈妈，正打算坦白自己结束骑马训练的决定，话到嘴边却咽了下去。妈妈刚脱掉T恤，里面没穿文胸。柔软的肉色肌肤清晰可见，还有那条深蓝色的疤。仿佛一道闪电。

妈妈手术切除左乳的那天，珍娜那颗松动已久的门牙终于掉了。

手术之后，珍娜一直在琢磨，妈妈只剩一侧的咪咪了，穿衣服可怎么办呢。事实证明她多虑了，妈妈在文胸的罩杯里塞了一只义乳。

一点也看不出来！妈妈第一次试穿塞了义乳的文胸时，珍娜惊讶地脱口而出。

妈妈站在穿衣镜前转来转去，反复打量自己的身形，对珍娜的评价表示同意。塞了义乳之后，完全看不出妈妈切除过一侧的乳房。她的胸前依然挺立着两团浑圆，一如往常。

但在临睡前，妈妈必须脱掉塞有义乳的文胸，珍娜不免觉得失落。偶尔做噩梦时，她会悄悄溜进妈妈的房间，蜷缩在妈妈身边，才能安心地沉沉睡去。她习惯妈妈从前的身体，又柔软又饱满，而不是现在这样，缺了一半，硬硬板板。

事实上，珍娜起初对手术的疤痕颇为反感，只觉得难看恶心。但她不想惹妈妈伤心，所以什么都没说。珍娜挺同情幸存下来的右乳，看着有种孤零零的悲凉。至于被切除的左乳，它后来又遭遇了怎样的命运？

是扔在医院里了吗？

莫非有种特殊的纸袋，专门装患癌的乳房？

或者它们统统被塞进桶里，就像外婆餐后必吃的桃片罐头那样，黏腻，令人反胃。

珍娜不愿多问。

现在好了，现在珍娜已经习惯了那道闪电，至少说不上反感。

"好啦！"妈妈套上了印有贝蒂小姐的睡衣。

她侧躺下来，将羽绒被盖在身上。珍娜靠在她身边，目光久久滞留在电视屏幕上，任由妈妈用手指梳理自己的头发，然后渐渐睡去。

第三章

在赫尔伦达初中，要想混出点名堂，必须遵守四条不成文的规矩。

1. 周末养成喝啤酒（或者用苹果酒代替）的习惯。

2. （如果是女生的话）胸要足够大。

3. 杜绝一切与功课有关的学习。

4. 在课间休息时抽烟。

这些规矩完全不适用于珍娜和苏珊娜。她俩从不喝酒，胸也不大（特别是珍娜），认真学习各门功课，更别说抽烟了。珍娜甚至碰都没碰过香烟。

"你会想要抽根烟试试吗？"珍娜好奇。

问这句话的时候，她和苏珊娜正坐在学校花园里某张布满涂鸦、伤痕累累的长椅上。苏珊娜从英文课本里抬起头来，满脸惊讶。

"你疯了吗？"她伸出食指扶了扶眼镜。"当然不会。怎么，你想吗？"

"没有没有。我就是问问。"

"只有白痴才抽烟。比如我爸爸。"

"你爸爸又不是白痴。"

"可他抽烟啊。"

"那他也不是白痴。"

珍娜向不远处的灌木丛斜睨过去，课间的抽烟活动正进行得如火如荼。乌丽卡一如既往亲昵地勾着亨克的胳膊。她的死党兼闺蜜兼跟班卡罗站在一旁，大概向亨克的朋友们说了什么玩笑话，惹得他们乐不可支，哈哈哈吼吼吼。大安娜、小安娜和丽瑟洛特也凑在里面，嘴里咕噜咕噜的，似乎有嚼不完的口香糖。她们也知道自己远不如乌丽卡和卡罗会耍酷，但混进这个圈子也是好的，至少能时不时地跟着抽上一口。偶尔乌丽卡大发善心，让亨克从口袋里多掏出一根万宝路，赏给她们三个分着抽。她们一边夸张地惊呼好爽，一边赌咒发誓，下回自己也要搞一包。乌丽卡于是笑着安慰说，别急嘛，姑娘们，这种事急不得。

"你明天跟我去马场吗？"苏珊娜问。

"我不骑马了啊。"珍娜说完，突然看见萨卡的身影朝灌木丛走去。

乌丽卡张开双臂给了他一个大大的拥抱。

"我还以为你说着玩玩呢，"苏珊娜嘀咕，"这么做完全没道理嘛。"

"我是认真的，"珍娜盯着萨卡，口气十分坚决。"再说我还要跟妈妈去外公外婆家。"

"真是的。"

"唔。"

卡罗突然发出一声尖叫，珍娜冷不丁哆嗦了一下。

"天哪，他好帅啊！"卡罗一遍又一遍地嚷嚷。

她蹿上跳下，在亨克眼前哗啦啦挥着一张照片。亨克将胳膊从乌丽卡怀里抽出来，一脸的不高兴。

"竞争很激烈啊，感到压力了吗，亨克？"卡罗挑衅地问。

"差不多行了，卡罗，"亨克强忍着怒火，"别太过分了！"

"你说话客气点！"乌丽卡用鼻子哼了一声，用力踩熄一根烟头。"搞搞清楚，她可是我姐们儿！"

亨克不由向后一缩。

"真对不住。"他喃喃说道。

"算啦算啦，都别计较了。"乌丽卡摆摆手，向女生们使了个眼色。几个男生嬉闹着打成一团，推推搡搡，偶尔还击个掌喝个彩。乌丽卡忙着给萨卡看某样东西，萨卡嘴角扬起好看的弧线，露出整齐雪白的牙齿。亨克小声嘟囔了两句，珍娜没听清。

"他们可真够假的。"珍娜泄愤似的冒出一句，她刻意压低了音量，以免被对方听见。

"她又在炫耀塞浦路斯的照片了吧？"苏珊娜头都不抬地问。

"可不是嘛。"珍娜一字一顿地说，打心底里感到厌倦。

她受够了那些照片——乌丽卡和旅居伦敦的姐姐飞去阿依纳帕①度假的留影。每一堂课上，每一个课间休息，那一张张照片都像雪片似的被大家传阅和赞赏。

一个个乌丽卡于是铺天盖地席卷而来。

坐在海景餐厅内，一袭纱笼的乌丽卡；站在繁华街道中央，回眸一笑的乌丽卡；在迪厅外面，被一群男孩簇拥的乌丽卡（那是查理，对，他是英国人，那是西班牙的马里奥，那两个是德国帅哥蒂姆和托穆克，还有那个，叫约翰还是邓恩来着，都不记得了，我当时彻底喝多了！）；为冰淇淋浇上巧克力酱的乌丽卡；蹲在水果摊前，怀抱一只

---

① 阿依纳帕是位于塞浦路斯东南部海岸的一座城市，也是著名的度假区。

硕大西瓜的乌丽卡；在跳蚤市场上挑选手链的乌丽卡；躺在沙滩上，身穿比基尼的乌丽卡。特别是最后这张，对，就是这张，还被班里的男生复印了张贴在公告栏里。

这么做不合适，还是撤了吧。班导师布丽塔发了话。

求求你们赶紧撤了吧。珍娜在心里呐喊。

但表面上，她始终保持波澜不惊的样子。珍娜不是那种出风头的女生，换句话说，就是没什么存在感。

这一点，想必大家也都知道。

第四章

外公外婆家在一个小镇上，镇中心除了一家银行和一家兼职邮局功能的便利店外，就只剩一些熟识已久、彼此寒暄的老太太。坐公交车过去，大概也就二十分钟左右。

但珍娜和妈妈已经不再选择公共交通。

他们预订了残障人士服务专车。

珍娜痛恨专车。可她也清楚，乘坐公交车对于妈妈来说有多麻烦，上下车耗时耗力不说，中间还要转一趟车。一旦妈妈病痛发作起来，挂上双拐，行动就更加不便。起初妈妈也很排斥这种为残障人士服务的专车，但时间一久也就慢慢习惯了。

况且，她也没有其他选择。

珍娜刚刚迈出车门，外婆就热情地迎了上来，随之扑面而来的是一股浓郁的椰子油香味。

"你们可算是来了！当心别蹭掉我刚抹的美黑霜！"外婆一边说笑，一边将珍娜紧紧搂在怀里。

"蹭掉点也没什么。"妈妈也跟着笑了起来。

"你啊，还是这么大大咧咧。"外婆一头蜷曲的红发微微晃动，其间夹杂着几缕银灰。

外婆滔滔不绝地讲起臭氧层的破坏和温室效应的影响，感慨气候的反常：都九月份了还这么热！嗨，反正你们来了就好!

外婆打开房门,刚进门厅就扯开嗓门嚷嚷起来。珍娜几乎怀疑,那面被擦拭得纤尘不染的全身镜怕是要被外婆的声浪震碎。

"阿——尔——宾!"外婆喊道,"阿尔宾,他们到啦!"

珍娜听见客厅里传来窸窸窣窣的响动,六十三岁的外公从皮沙发里起身,笑容满面地走了出来。

"来了啊,"外公用厚实的手掌摩挲过珍娜和妈妈的脸颊,"真是两个漂亮姑娘!最近都还好吧?路上顺利吗?"

外公敏锐地指出,妈妈这次完全没有拄拐,妈妈随即露出胜利的微笑。趁着他低声询问下次化疗时间的工夫,珍娜一猫腰,擦过外公圆滚滚的肚子,逃也似的躲进了厨房。

这里一如既往地井然有序。

角落里没有一丁点积灰,台面上没有一件多余的摆设(当然橱柜里塞满了东西),门后没落下一只垃圾袋;地毯吸得干干净净,碗碟都已经用清水冲刷过,整整齐齐地排布在洗碗机里。

一切似乎都在提醒她:欢迎来到外公外婆家。

"来,喝点咖啡吧!"大概是觉得外公和妈妈在门厅里站太久了,外婆提议道。

大家陆续就座后,外婆在刚烤好的蛋糕表面抹上一层厚厚的奶油,然后为大家倒上热腾腾的咖啡。

"学校里情况怎么样?"外婆和妈妈讨论完窗帘的款式后,转头询问珍娜。

这是外婆惯用的句式,反正她只要得到肯定的答复就满意了。

"都挺好的。"珍娜的回答同样毫无新意。

"我家娜娜顶呱呱！"外公说完，往嘴里塞了一大块蛋糕。

"不错，不错。"外婆接过话头，"在家的时候都是你照顾妈妈吧？打扫卫生，帮她搭把手什么的？"

外婆的问话悬在半空，气氛瞬间凝固。客厅里的挂钟发出当当当的响声，在珍娜听来，仿佛一把锤子敲击着外婆的脑袋。

突然的静默令外婆局促不安，她不自然地摆弄起手腕上的金链，那是她六十大寿的生日礼物。

"这些她当然会做。"妈妈打破沉默，拍了拍珍娜的膝盖，"她当然会做。"

外婆欣慰地点点头，这些她当然会做，当然会做，然后话题一转，说起邻居古恩换了辆新车，卡尔松一家快搬走了，拉瑟的女儿就要生孩子了。外公偶尔从旁补充两句，妈妈不时用"真的？""是吗？"类似的短语做出回应。他们热络地谈论其他人的生活，以这种方式回避自己的艰难处境。

只有珍娜一言不发。

她知道自己不该讨厌外婆的，可有时候实在忍不住。我们必须坚强起来，珍娜。我们必须团结一心，珍娜。我们必须考虑你妈妈的感受，珍娜。你的妈妈，她是一个真正的斗士，珍娜。

说得珍娜就像个白痴一样！就好像珍娜什么都看不见，什么都听不懂；就好像珍娜丝毫不能体谅妈妈的痛苦、疲倦、恶心、虚弱；就好像珍娜不和妈妈住在同一个屋檐下，而是活在另一个世界里。

不是的。

她不是这样的。

不过，她倒宁可偶尔能这样。

第五章

苏珊娜又不想上体育课了。

"我说，你这回请假什么理由？"体育老师约根不耐烦地问道，右手一直摆弄着脖子上挂着的湿漉漉的口哨。

"我感冒了。"苏珊娜紧张地拨弄了下头发，瓮声瓮气地答道。"有点咳嗽。"

"一点咳嗽不影响打篮球嘛。"体育老师约根鼓励性地拍了拍苏珊娜的后背，差点没把她从观众席上拍下来。

"我喉咙也有点痛。"苏珊娜试图搪塞，一边用余光偷瞄篮球场上叽叽喳喳的同学。

乌丽卡穿一条短短的热裤，上身搭配一件印有"挑战我"字样的背心，阴阳怪气地直咂嘴。卡罗哈巴狗似的连声附和，男生们则忙着热身，不耐烦地催促到底什么时候开始。珍娜站在人群中，投来鼓励的微笑。苏珊娜继续一脸不情愿地僵持着。

体育老师约根无奈地耸了耸肩，拽住运动裤腰间的松紧带往上提了提。

"一队，二队，准备比赛！"他转身背对苏珊娜，发出简短的指令。苏珊娜站起身，快步冲进更衣室。

与此同时，珍娜已经沉浸在场上的拼抢中。和苏珊娜不同，珍娜发自内心地热爱体育课。而且，她天生就有发达的运动细胞：跑得快，跳得高，扔得远，打球手感好，反应速度快。妈妈年轻的时候也是体育课上的佼佼者，据说在全班女生中，她是跑步最快的一个。珍娜倒没有那么厉害，她只是比大多数女生跑得要快。

其中包括乌丽卡。

哈！

篮球比赛结束后，珍娜和其他女生大汗淋漓地走进来时，苏珊娜正盘腿坐在衣帽钩下看书。

"你们赢了吗？"苏珊娜避开珍娜甩下的汗滴，问道。

"当然！"珍娜边说边比了个胜利的手势，她在最后一节独独投进八球后，体育老师约根半开玩笑半认真地建议，考虑下改打篮球吧，珍娜？

乌丽卡从珍娜身边挤过去，气鼓鼓地瞪了她一眼，然后凑到卡罗身边开始骂骂咧咧。

"篮球真没劲，"她抱怨道，"约根也太没创意了！"

卡罗赶忙表示同意，的确太没劲了！

"老打篮球不腻吗？"乌丽卡还在抱怨，"下次体育课，就不能换点别的玩玩？"

"是该玩点别的。"卡罗附和道。

乌丽卡叹了口气，脱掉背心。珍娜装作不经意用目光扫了一眼，瞄见她贴身穿的黑色运动文胸。珍娜根本不需要运动文胸，而乌丽卡的那件已经快兜不住了，饱满的胸部从下围挤出来，像是两只发酵的面团。

"好紧，箍得真难受！"乌丽卡嘟囔着，努力将胸部解放出来。"我又得去买件新的了！卡罗，你说我究竟什么时候才会停止发育？"

卡罗耸耸肩。

珍娜转过身背对着她们。珍娜热爱体育课，却讨厌课后不可避免的尴尬：被迫脱掉汗湿的衣服，被迫展示自己的身体——因为实在没什么值得展示。

珍娜的胸部就像两颗干瘪的葡萄，连 A 罩杯都撑不起来，下面也还是光溜溜的，所以她总是用浴巾裹住整个身体，能裹多久就裹多久，甚至连排队等待淋浴的时候也不肯脱掉。好容易等到淋浴喷头了，珍娜也不会像别的女生那样，大大方方地将浴巾挂在稍远处的挂钩上，而是团成一团堆在脚边。

你放在这儿，浴巾不会湿吗？丽瑟洛特问过一次。

浴巾总归都会湿的嘛。珍娜背对着外面，闷声闷气地答道。

珍娜以这种方式维护自己的尊严。

乌丽卡却用另一种方式展现自己。

"姑娘们，周五见！"乌丽卡走出淋浴间，毫不遮掩地扭动起来，"让我们尽情狂欢！"

"太棒了！"卡罗边说边穿上牛仔裤，"都有谁要来？"

"所有人都来！我们欢迎所有人！"乌丽卡笑着跳起来，胸部跟着晃了晃。

苏珊娜和珍娜面面相觑。说是欢迎所有人，但不是所有人都会去的。

"我要办一场超级炫酷的派对！"乌丽卡兴奋地描述着宏伟蓝图，总算扣好了文胸的搭扣。"参加的人必须经过酒精测试！"

"什么酒精测试？"卡罗的棕色头发湿漉漉地贴住脸颊，看上去活像一只溺水的可卡犬。

一只溺水的、没精打采的可卡犬。

"什么酒精测试？"她又问了一遍，"你的意思是，派对上不让喝酒吗？"

乌丽卡笑得前仰后合。

"我说卡罗，你什么脑子？"她好容易止住了笑，"所谓酒精测试，是说所有人必须喝了酒才准进场。"

珍娜扭过头去，故意不看她们，赌气地将运动衣塞进背包。

"你觉得亨克能搞到酒吗？"丽瑟洛特嚼了嚼嘴里的口香糖，吹出一个大泡泡。

"没问题。"乌丽卡爽快地答道。"我和他说一下，我们负责喝就行了。"

"哇！"卡罗眼睛直放光，"亨克太帅了！"

"嗯，买酒的事就交给他了！哈哈哈！"

哈哈哈。更衣室里充斥着女生们的欢笑，只有珍娜和苏珊娜笑不出来，当然，还有根本不在现场的蒙古女玛琳。

第六章

真可恶。珍娜的胸的的确确很小。

她站在卧室的穿衣镜前打量自己的身体。今天是礼拜四，窗外下着雨，镜子里映出她小得可怜的胸部。

"我就奇怪了，"她侧过身，看着躺在地板上翻杂志的苏珊娜，"你说我是不是有什么问题？"

"什么问题？"苏珊娜头也不抬。

"胸啊，"珍娜指指衣服的上半部分，"我根本就没有嘛。"

"你还是有一点的，"苏珊娜安慰道，她自己刚刚开始穿文胸。

珍娜走到衣柜前，拉开最上面一层抽屉，拿出两只卷好的袜子塞在衣服里。苏珊娜见状大笑起来。

"你也太搞笑了。"她说。

"怎么搞笑了，这样不是蛮好嘛！"珍娜在镜子前转了个圈，"像不像真的？"

"不像。就像两只袜子卷。"

珍娜悻悻地把袜子卷掏了出来，想到现实的种种悲惨，心里阵阵发酸：萨卡不爱她，萨卡也许永远都不会爱上她；明天晚上就是乌丽卡的派对了，她特别想去，特别特别想去，可她知道自己不能去。

"唉，反正我就是不正常。"珍娜深深叹了口气。

"你哪有不正常？无非就是晚发育嘛。"

"这是一回事，苏珊娜。大家发育的都不晚，就我晚，可不就是不正常嘛！"

"喂，根本不是这样的。我看过一篇文章，写一个女孩想做丰胸手术，但医生说要等她到十九二十岁，胸部完全停止发育了才能做。所以还早着呢。"

珍娜没有搭话。她皱起眉头看着镜子里的自己。正常吗？好吧，就算理论上是这样，她只想和其他女生一样，起码达到平均水平，这要求不过分吧？

"等我一下。"她突然有了主意。

珍娜跑出房间，轻手轻脚地穿过走廊溜进妈妈的卧室。妈妈正在睡觉。珍娜小心翼翼地打开衣柜门，拉出一只棕色纸板箱。里面装着妈妈常用的义乳。其中有两只米色的棉布质地的，还有两只肤色的硅胶材料的，做得特别逼真，还有乳头呢。珍娜掏出那两只棉布义乳，又从妈妈的内衣抽屉里拿了——不，借了一只文胸。

她在走廊里扣上文胸，将义乳塞进罩杯，然后返回自己的房间。

"唰！"珍娜摆了个模特的造型。

"哎哟！"苏珊娜噌地爬了起来，"绝对能以假乱真啊！这什么东西？"

"要你管！"珍娜在镜子前陶醉地转来转去。

"到底是什么东西？"苏珊娜不死心地追问，忍不住伸出手摸一摸。

"别动！这是我妈妈的义乳。"

镜子里出现了一个全新的珍娜。尽管头发还是灰蒙蒙乱糟糟的，脸上的雀斑一颗也没少，但身材的轮廓明显不同了。感觉真好。

"你不会真的要用吧？"苏珊娜问。

"我就是暂时借用一下嘛。"珍娜边说边将衣领往下扯了扯。"大家好，我就是乌——丽——卡！"

苏珊娜凑到珍娜身边，欣赏着镜子里的表演。

"大家好，我就是乌——丽——卡！"珍娜怪声怪调地重复了一遍，"亨克，要来摸一摸吗？手感可好了！"

苏珊娜笑得直不起腰来，珍娜仍然沉浸在想象的角色之中。

"快来感觉一下嘛！"她一副盛气凌人的姿态，"快点！我可是乌丽卡，乌丽卡！吼吼！巫婆乌丽卡！吼吼！"

"够了够了！"苏珊娜笑得喘不过气来，"笑死我了！"

珍娜停止了表演，再也憋不住，扑哧一声笑了出来。她和苏珊娜干脆躺倒在地，冲着天花板放肆地放声大笑。再这么下去，楼上的老太太怕是不胜其扰，要开始用拖把咚咚咚敲地板表示抗议了。

"我看你是疯了。"苏珊娜摇了摇头。

"要不是看在你是我好朋友的分上，说这话我肯定和你绝交。"珍娜喘着粗气。

"有本事你和我绝交啊。"

"哼，算你狠。"

珍娜猛然想起来，妈妈还在隔壁睡觉呢，她赶紧拽了拽苏珊娜的袖子，示意对方小点声。最近几天妈妈好像特别疲倦，珍娜回家的时候她都在睡觉。

第七章

"我已经说过很多遍了，"布丽塔一边说，一边麻利地收拾起讲台上的圆珠笔和讲义纸，"毕业旅行不单单牵扯到钱的问题，很多事情都要提早准备。筹备会的申请表你们都带了吗？今天是交表的最后一天。"

苏珊娜低头在书包里翻找起来。珍娜坐在她身边，毫无反应。她知道那张打了两个勾的表格已经整整齐齐折叠起来，就放在书包内的文件夹里，但她不打算交上去。布丽塔肯定会问两栏都打钩是什么情况，解释起来的话，全班同学都会窃窃私语，议论纷纷。

大家都还不知道。

大家永远都不会知道，因为她永远都不会让大家知道。她不愿意别人用异样的目光打量自己，时刻昭示一个残忍的事实：珍娜·威尔松的妈妈得了癌症。

所以，珍娜不打算交表格。

所以，她现在什么都不说。

布丽塔绕教室一周收集表格，不停说着谢谢，上课时不许嚼口香糖，不许压低帽檐挡住眼睛，等等。当她走到苏珊娜身边时，珍娜故意别过脸，盯着前方椅背上的涂鸦。布丽塔身上的气味和外婆的一样。

"所有都在这儿了吗，怎么感觉不全？"布丽塔皱着眉头接过苏珊娜的表格。"还有没交的吗？"

手机响了，一阵尖锐高亢的铃声。乌丽卡急忙低头在书包里翻找起来。

"我再重申一次，在课堂上请大家务必关闭手机，"布丽塔冲着教室后排卡罗身边的位置，厉声说道，"还要我提醒你多少遍，乌丽卡？"

乌丽卡朝布丽塔做了个噤声的手势，指了指手机，自顾自地继续讲电话。卡罗目瞪口呆地看着她。

"是你呀！"乌丽卡一边说，一边用手捂住另一侧耳朵，以屏蔽布丽塔的声音。"真没想到你会打电话给我哎！不过亲爱的，我现在不太方便耶。"

布丽塔摆出郑重警告的姿态，乌丽卡则抛去一个飞吻作为回应。

"先不说啦，我等下打给你。"她匆匆结束了对话，"你不生气吧？嗯嗯，么么！"

"乌丽卡！"布丽塔无奈地叹了口气。

"我这就关手机！"乌丽卡边说边扬了扬手机，"瞧！已关机！继续说表格的事吧！"

全班爆发出一阵笑声，布丽塔的神情有些恍惚。

"对，表格的事，"她嘀咕着环视四周，生怕漏收了谁的表格。

带来的都交了。

可总有人拖拉。

"算了，延期一周，没带的同学下周内交上来。"她的声音透着疲惫。

"布丽塔投降了。"乌丽卡前后晃着椅子，发出嘎吱嘎吱的声响。

卡罗吃吃笑起来，小幅度地跟着晃了晃。

布丽塔瞪了乌丽卡一眼，坐在讲台后面，将收到的表格拢成整齐的一摞。伴随着纸张摩擦的窸窸窣窣，她啰里啰唆地抱怨这样下去不成规矩，以后必须予以惩戒，每个人都应该对自己负责。

对自己负责？

珍娜才不在乎呢。

剩下的时间里，作为班导师的布丽塔杂七杂八地讲了一堆，包括筹备会的召开，学校的禁烟令，各门课程的设置，放假的时间，迟到早退的情况，还有专业课教师提出的意见和不满，其他班级学生的用功和勤奋。谁都懒得听布丽塔说话，连珍娜也不例外。

她只觉得脑袋阵阵发胀。

"你妈妈会来吗？"

总算下课了。尽管珍娜已经加快了动作，布丽塔还是抢先一步走下讲台，叫住了她。

珍娜不知该如何回答。布丽塔在她身边坐下，尽量平静地直视珍娜的眼睛，但珍娜能捕捉到对方目光中的犹豫和尴尬，这令她感到羞耻和愤怒，她恨不得冲布丽塔大骂一顿，把她扔进生物实验室，和鸟类标本关在一起，让她从此就在树枝上蹲着，只能干瞪眼看，别再多管闲事。珍娜的妈妈参不参加筹备会，到底关她什么事啊？

"就是毕业旅行的筹备会，你妈妈会来吗？"见珍娜没吭声，布丽塔又问了一遍，习惯性地舔了舔嘴唇。珍娜突然想到，外婆总说瑞典一个女歌手的标志性动作就是舔嘴唇。

"应该会。"珍娜简短地答道,将书包拉链一拉到底。

"她现在情况怎么样?"

布丽塔努力表现出关切和同情,但珍娜只觉得怒火中烧。这又不是在家里,布丽塔干吗揪住这个话题不放?

她没有权利这么做!

她不该对我步步紧逼!

同学们陆续离开了教室,只有乌丽卡留在最后。珍娜注意到她在留心她们的对话。布丽塔将手放在珍娜肩膀上的时候,乌丽卡还特地看了一眼。

有那么一瞬间,珍娜和乌丽卡的目光撞在一起,但迅速分开了。

曾经,她们也在楼道里撞见过,但从没打过招呼。

"上次我和你妈妈通电话,还是好久以前的事呢。"布丽塔从珍娜肩上抽回手。

"哦。"珍娜尽量表现得礼貌,可她再也控制不住自己的情绪,教室里充斥着粉笔灰的浓稠气味,几乎令人窒息。她必须逃离这里,必须摆脱这场对话。

"记得替我向她问好!"布丽塔的声音从身后传来。

第八章

珍娜·威尔松的妈妈名叫丽芙，患有乳腺癌。

珍娜·威尔松的妈妈头发都掉光了，只剩一层薄薄的绒毛。她偶尔拄拐杖，早晚定时服用两次药，淋浴时借助座椅节省体力。

她会死的。

别这么想，珍娜，她总是这样安慰女儿。珍娜，珍娜，我的宝贝女儿，你千万别这么想。

珍娜躺在床上，用被子蒙住脸。房间里凉飕飕的，窗外漆黑一片，她的脑海里忍不住又一次浮现出这个念头。

一切再也回不去了。

第九章

乌丽卡的狂欢派对开始没多久，整座楼就被吵得震天响。

"楼上似乎很热闹啊。"妈妈正和珍娜坐在沙发里看电视，突然开了口。

妈妈抬起头看了看天花板，似乎担心墙板随时爆裂开来，砸下几个疯疯癫癫的客人。

"是你的同学吧？"

珍娜点点头，同时无所谓地耸耸肩。她的目光始终锁定在电视屏幕上，礼拜五的晚上，她就这样靠娱乐节目打发时间，这画面多少有些落魄。

"我猜也是，"妈妈继续说道，"不知道她妈妈在不在家，你说呢？"

珍娜又耸了耸肩。电视上，一个肥胖的男人正在艰难地挑战障碍赛道，观众席一片加油喝彩的声音，身材苗条的节目主持人笑得前仰后合，她大概认为人类自愿出丑的行为实在很有趣。

珍娜只觉得无比尴尬。

"你想来点薯片吗？"妈妈问，"我今天做了你喜欢的那种蘸酱。"

"好啊。"珍娜假装期待的口气。

妈妈深吸一口气，努力想要站起身，但眼前突然一阵发黑，整张脸瞬间变得纠结而痛苦。

"该死。"她愤愤地说。

小腿，大腿，脊背，胳膊，哪儿都不受控制。**真该死！**

"我去拿吧。"珍娜说完，大步走进厨房。

乌丽卡派对的动静越发清晰。音乐声，脚步声，掌声和笑声交织在一起，洪水般涌入珍娜的耳朵。萨卡也会去吗？那还用说。珍娜自嘲地想，学校年刊里那些叫得出名字的面孔，应该都会出现在派对里吧。

珍娜·威尔松。

谁？

就是那个长头发的，金色里面带点灰。身材相貌普普通通的。经常穿一条露脚踝的牛仔裤和一件紧身套头衫。

谁？

哎，你知道的嘛，好好想想，她和乌丽卡一个班，但不在乌丽卡的闺蜜团里面。她总和一个戴眼镜的，深棕色头发的女生在一起。会弹钢琴的那个。

你说珍娜？

不，我是说那个深棕色头发的女生！她们在食堂总是单独坐一桌，就在那只巨型盆栽旁边。

哦，你说她啊。不过她没什么特别吧？

嗯，没什么特别。

没什么特别。

所以珍娜不想去。

她叹了口气，从冰箱里拿出蘸酱。薯片就放在橱柜中间不高不矮的位置。毕竟对于妈妈来说，够高或弯腰都很吃力。

"哎。"珍娜回到电视机前，算是交代了一句。

她将盛有蘸酱的碗往茶几上重重一放，发出砰的一声。妈妈侧过脸，目光里充满担心和关切。

"苏珊娜今晚什么安排？"她问。

"不知道。"珍娜回答。

这倒是实话。苏珊娜本来邀请珍娜晚上玩扑克牌的，可珍娜只觉得厌烦。比起坐在电视机前，看着娱乐节目里满头大汗的胖男人和一群瞎起哄的观众，玩扑克牌似乎更让人沮丧。

要么玩点别的游戏，苏珊娜提议，但珍娜实在提不起劲，她推说自己身体不舒服，怕是生病了。事实上，她对什么都没兴趣，甚至懒得和苏珊娜见面。

楼上传来一声撞击的巨响。

珍娜和妈妈同时抬头望向天花板。有人在尖叫，但绝不是出于恐惧，至少和上次的情况不同——大半夜的，妈妈不慎跌倒在洗手间外面，钻心的疼痛令她失声尖叫起来。珍娜以为妈妈要么骨折了要么摔坏了要么快死了，于是跟着尖叫起来。

来自母女俩的惊恐尖叫响彻夜空。

不过，楼上传来的尖叫一点也不恐怖，而是纯粹地开心，高兴，像是嬉戏打闹时的自然反应。珍娜从未有过这种体验。

"所以你也不打算上去咯。"妈妈突然说。

"啊？"

"怎么？就是去乌丽卡家啊。好像很热闹的样子嘛。你也可以考虑上去看看。"

"不去。完全没考虑过。"

"可是你陪我坐在家里多无聊啊。"

妈妈一边劝说，一边向珍娜报以理解的微笑。她当然是善意的，因为在她看来，狂欢派对是生活中不可或缺的部分，是礼拜五晚上珍娜理所当然的选择。

珍娜想到那本相册，想到妈妈和她那些朋友古拉、莱拉、奇奇、维奇的亲密热络，妈妈的少女时代是多么多姿多彩，照片上的妈妈又是多么健康美丽！

而现在的自己是多么平凡丑陋。

她不忍再想下去。

"我睡觉去了。"珍娜说。

她站起身，剩下妈妈一个，孤零零地坐在薯片，蘸酱，以及电视节目的假笑之中。

第十章

"吼吼，我那天酷吧？"约翰说完，啪一声关上储物柜的门。

"酷没看出来，吐了一地倒是真的。"乌丽卡专心打量着镜子里的自己，不屑地答道。

"你真是弱爆了！"卡罗边说边笑着捶打约翰的肚皮。

约翰立刻配合地绷紧腹肌。

"还是缺乏历练啊！"乌丽卡懒得搭理约翰，扭头问卡罗，"哎，马上什么课？"

卡罗耸耸肩，一脸迷茫，然后继续和约翰打闹。乌丽卡叹了口气，转而向珍娜求助——珍娜，恰好和乌丽卡分到相邻储物柜的珍娜，恰好和乌丽卡住同一个楼道的珍娜，生活中到处充斥着乌丽卡的珍娜。珍娜假装没听见。一整个上午，大家都在七嘴八舌地讨论乌丽卡精彩炫酷的派对。大家显然都光临过现场，一个个喝得酩酊大醉，酒杯也砸了，地毯也吐了，门板也卸了。

多么尽兴的一场派对，无与伦比！乌丽卡简直就是天生的派对女王！

"喂，珍娜，"乌丽卡问，"这节课上什么？"

"瑞典语。"珍娜嘟哝了一句。

"哦。"

"我猜的啊。"珍娜赶忙补上一句。毕竟，查看课表，整理书本，完成作业，这些都是书呆子才会做的事。

不过话没说完，乌丽卡已经转过身去。

"这周末继续吧？"卡罗总算停下和约翰的打闹，兴奋地提议。

"那当然。"乌丽卡一甩手，重重地关上储物柜，金属的撞击震得珍娜脑袋嗡嗡直响。"不醉不归，一言为定！"

卡罗咯咯笑出声，和乌丽卡手挽手向教室走去。珍娜真希望再也不要见到她们。

不醉不归，一言为定。

见鬼去吧。

瑞典语老师斯文用漂亮的斜体在黑板上单单写下一个字。

诗。

"尽情抒发你们的感情，"他张开双臂，向全班做出指挥的姿势，"发挥你们的想象。去感受，去记录！真实地记录下你们的想法！不要犹豫，不要胆怯！"

瑞典语老师斯文走到摆放在教室一角的功放机前，按下播放键，古典乐的优美旋律倾泻而出，扫过低头沉思的学生，拂过厚重的绿色窗帘。

"又放这个！"踞守教室后排座位的男生小团体中突然冒出一句，"就不能换首流行歌曲吗？"

瑞典语老师斯文摇了摇头，拨了拨额前一绺灰色的头发，然后陶醉地闭上眼，以催眠般的口吻呓语道：

"让思绪沸腾吧，让笔尖飞驰吧！"

他的催眠疗法并没有平息抗议，教室里不时响起各种抱怨和泄愤的语气词。

诗的主题是爱。瑞典语老师斯文特别强调，世界上任何一种爱都可以。苏珊娜握住铅笔写个不停，在纸上发出沙沙的摩擦声。

"你写的是什么？"珍娜伸长脖子，往苏珊娜身边凑过去。

"嘘！我们下课了再交换看。你抓紧写。"苏珊娜的严肃口吻像极了瑞典语老师斯文。

他们简直就是天造地设的一对。

珍娜坐在课桌前冥思苦想，五分钟，十分钟，十五分钟……爱，一首爱的诗。唔，那肯定和萨卡有关。她想写萨卡深色的头发和眼睛，萨卡的连帽衫和磨旧的牛仔裤，可又不知从何写起，所有的语言都显得苍白和贫瘠。珍娜咬着笔杆，绞尽脑汁，挖空心思，想了好久好久。

爱。

最后她终于决定动笔。

下课前十分钟，瑞典语老师斯文说，想找几个同学朗读一下自己的作品，他所谓"灵感的结晶"。

珍娜差点听成"灵感的鸡精"。

"不做硬性要求，想读的同学可以读。"瑞典语老师斯文一遍又一遍地强调，朗读作品属于自愿行为，谁都不应该强迫别人分享感受和心情。

可没有人愿意朗读。瑞典语老师斯文挠了挠头，提醒大家下周测验的时间，然后讪讪地说好了好了，那我们就下课吧。

"现在我们可以交换看啦，"一走出教室，苏珊娜就迫不及待地要求，"你看我的，我看你的。肯定很有意思！"

但珍娜摇了摇头。

"我什么都没写。"她边说边将作文纸塞进口袋。

"喂！"

苏珊娜推了推鼻梁上的眼镜。珍娜太熟悉这个动作了，苏珊娜只要一不高兴就会推眼镜。

"喂！"苏珊娜抗议道，"我看到你写了。给我看看嘛！有什么关系啊？反正你写来写去都是萨卡。"

"嘘！"珍娜打了个噤声的手势。下了课的学生拥向储物柜，竖起一张张好奇的耳朵。

"我猜得准没错，"苏珊娜说，"有本事拿出来看。"

"不要。"

"那我也不给你看。"

"随便。"

苏珊娜望着珍娜，目光里充满失望，甚至错愕和伤心。她们从来都是无话不谈的好朋友，可今天却彼此僵持在原地。作文纸仍然躺在珍娜的口袋里。

随着珍娜的心跳微微颤动。

第十一章

珍娜的房间里摆放着简单的家具：一张书桌，一把椅子，一张床，两个书架，一只抽屉柜，一面全身镜和一块地毯。

墙上挂着两张照片（分别是珍娜和妈妈的合影，以及珍娜和苏珊娜的合影），一张印有**"你是我最好的朋友"**字样的卡片（苏珊娜送的），三张流行音乐组合肯特乐团的海报，以及一张宜家的招贴画。

天花板上贴着许多夜光星星。

随着时间的推移，夜光星星的亮度会逐渐减弱，直至完全暗淡。睡不着的时候，珍娜常常躺在床上凝视这片星空。以前，妈妈会进来睡在她身边，母女俩头挨着头说悄悄话，大事小事，平淡的，琐碎的，她们一聊起来就忘了时间，只有头顶上的星星在暗夜里默默闪烁。

不过这都是过去的事了。珍娜的床太软，不适合妈妈病痛脆弱的骨骼。珍娜只能一个人望着星星，熬过一个个失眠的夜晚。

上完瑞典语课放学回家，珍娜在其中一颗星星反面贴上了自己写的那首诗。不大不小，正正好好。

第十二章

　　尽管病腿疼痛，妈妈仍然坚持跟去超市购物。

　　珍娜推着妈妈的自行车走在前面，两侧把手上各挂一只伊卡①的购物袋，车后支架上还有一只。妈妈拄着双拐走在后面，在沥青路面上发出啪嗒啪嗒的响声。

　　楼道入口的大门开着，真该死，乌丽卡和她的摩登妈妈就站在门边。摩登妈妈穿着超短裙和露脐装，腰间挤出一圈白色的赘肉。

　　珍娜恨不得掉头就走。

　　摩登妈妈一边教训乌丽卡，一边愤愤地抽着烟。乌丽卡有样学样。

　　"知道我们收到驱逐令了吗？"摩登妈妈扯着嗓门嚷嚷着，"啊？乌丽卡，你做事就不能考虑考虑后果吗？你都多大了？！"

　　乌丽卡一声不吭，只是狠狠吸了口烟，目光死死盯住地面。除了碎石子和狗屎，地上什么都没有。

　　"我说，你就这么一根筋，非要和我犟到底吗？"

　　摩登妈妈一把抓住乌丽卡的肩膀，气愤地来回摇晃，指望能从对方嘴里得到答案。乌丽卡吐出一个烟圈，口袋

_____

①　伊卡（ICA）为瑞典的食品零售企业，旗下拥有多家连锁超市。于1938年成立，总部设于斯德哥尔摩。

里的手机突然哔地响了一声。一条短信。

"把你的破手机给关了！"摩登妈妈几近咆哮，"哔哔声吵得我头快炸了！"

珍娜故意避开她们的目光，将妈妈的自行车推进车棚锁好，取下购物袋。妈妈撑着拐杖站在一旁喘气。珍娜只觉得羞愧，为妈妈的拐杖，为妈妈的状态，也为自己感到羞愧而羞愧。

她们就站在门口不走啦？而且，就非要挑今天不可吗？——妈妈的状态尤其糟糕，腿一瘸一拐得厉害，大口大口喘着粗气，脸色灰暗难看。

"麻烦让一让，"妈妈好容易挪到门口，被乌丽卡和摩登妈妈挡住了去路。

"还不赶快让一让，乌丽卡！"摩登妈妈一把拽住乌丽卡的胳膊，"没看见她拄拐杖啊！"

"我又没瞎！"乌丽卡努力挣脱出摩登妈妈的控制，差点儿没站稳，"我这就让，行了吧！"

乌丽卡扔掉烟头，用鞋跟踩熄最后一点火星，转身扬长而去。

"你这是要上哪儿去？"摩登妈妈气急败坏地嚷嚷，在已经熄灭的烟头上又踩了几脚。

"去亨克家！"乌丽卡头也不回，"你管那么多干吗！"

"其他我可以不管，那你跟他说，让他把砸碎的玻璃杯都赔了！还有吐得一塌糊涂的地毯，也给我洗干净了！喂！你听到没有！"

"见你的鬼去吧！"

"你自己才该去见鬼！"

"麻烦让一让。"摩登妈妈依然堵住楼道入口，妈妈只好再一次发话。

沉重的购物袋将珍娜的手掌勒得生疼。

"哎呀，该死，真不好意思。"摩登妈妈踩着高跟鞋，往旁边挪开两步，身上一股酒味儿。

"唉，叛逆期。"珍娜抵住门，等妈妈慢慢挪进去。摩登妈妈在一旁唉声叹气。

珍娜在心里暗暗着急，妈妈的动作能快点就好了。她可不想杵在门口成为邻居注视的焦点，更不想和摩登妈妈搭讪。浓妆艳抹的脸，性感暴露的穿着，健康活力的身体——摩登妈妈的一切都令她反感。

"你女儿就不这样吧？"摩登妈妈朝珍娜点了点头。

妈妈停下脚步，含混不清地嘟囔了几句。摩登妈妈又点上一根烟，珍娜恨不得立刻逃回家。可钥匙在妈妈那里，而妈妈似乎还没聊完。摩登妈妈的香烟越抽越厉害，缭绕的烟雾模糊了墙上禁止抽烟的标识牌，那是养狗阿姨特意钉在楼道里警示住户的。

"上周末她在家里开派对，"摩登妈妈喋喋不休，"我这不才刚回家嘛，今天一整天电话就响个不停，都是邻居打来抱怨噪音太大的。你应该也打过吧？"

"没，我没打过。"妈妈说。

"那你肯定也被吵得够呛，这帮孩子真能折腾，那天晚上至少来了七十个人。我们三室一厅的房子挤了七十个人！音乐声那么大，还拖到那么晚。你知道吧，他们还喝酒了。"

"哎哟。"

"乱砸东西，吐了一地。简直一团糟。"

摩登妈妈沮丧地蹲在地上，用手撑住额头。

"还真是，换我我也受不了。"妈妈总结性地安慰了一句，拄着双拐向楼梯挪去。

"哎，我也该走了。"摩登妈妈自言自语。

爬楼梯对于妈妈而言无异于巨大的挑战。她先将不疼的那条腿抬上去，站稳后再将病腿带上来，仿佛退回到蹒跚学步的孩提时代。她呼哧呼哧喘着粗气，额头上渗出一滴滴汗珠。

"哎！"身后突然传来摩登妈妈的声音，"多保重啊！"

第十三章

又到了妈妈化疗的日子。

珍娜完全不需要别人的照顾，天哪，她都十三岁了，早就不是孩子了。可是外婆坚持要搬过来住。外公外婆和妈妈的一致说法是，你至少有个伴嘛。都这么说了，珍娜也不好反对。

"我们要把家里收拾得干干净净才行。"这是外婆进门后第一句话。在她的督促下，珍娜用衣架挂好散落的外套和衬衫，拿出吸尘器、扫帚和拖把轮流清洁地板。整个屋子很快充斥着外婆的气味。

珍娜心里直犯嘀咕。

"每样东西都要归类放好，"外婆边说边擦拭橱柜上看不见的污渍，"你妈妈可不能生活在这种环境里。"

"这种环境怎么了？"珍娜坐在餐桌边写作业，突然插了一句。

"也没怎么，就是有点……不大方便。"外婆冲着橱柜若有所思地点点头。

她开始将橱柜顶层的碗碟一摞摞往下搬。珍娜打量着她，外婆红色的后脑勺在橱柜里探进探出，仔细地琢磨、检查和评估。挪动餐具时，她手腕上的金链来回晃动，发出清脆的声响。

"好啦！"外婆迈下椅子，对自己的成果十分满意，"这样一来方便多了。"

珍娜没搭话，默默将目光从橱柜上移开——一个焕然一新的橱柜，一个方便病患使用的橱柜。

浴室里安装了淋浴座椅。

衣帽间挂着三顶假发。

餐桌上摆着药盒。

纸箱里藏着义乳。

角落里靠着一副拐杖。

屋子正中央站着外婆。

珍娜恍惚间觉得自己才是多余的那个。她走进自己的房间，一头扎在床上，闭上眼睛捂住耳朵，假装现实并不存在。

第十四章

妈妈最要好的闺蜜叫玛瑞塔。

有好几次，妈妈从医院回来，整个人又虚弱又疲倦，玛瑞塔过来照顾的同时，还带了自己做的果酱、馅饼、肉汤等各种好吃的。

面对玛瑞塔带来的美食，妈妈通常只能略尝几口，一旦多吃就会引发呕吐。好在玛瑞塔大方地表示，吃不完没关系，你可以留着等胃口好点再吃，或者就这么看着，权当大饱眼福吧，实在不行扔了算了。不过家里总归要常备点好吃的，这是我一贯的原则，所以我会一直做下去的。

妈妈的眼眶里瞬间盈满了泪水，喃喃说道玛瑞塔实在太令人感动了。

于是玛瑞塔也泛红了眼圈，连声说哪里哪里，要说值得感动，有谁比妈妈更有资格呢？然后她们拥抱在一起，久久没有松开。

对于玛瑞塔和妈妈的友谊，珍娜偶尔会产生一丝嫉妒，但立刻就意识到自己有多可笑。她才只有十三岁啊，总不至于嫉妒妈妈的朋友吧。

珍娜猜想，妈妈大概也察觉到了这一点。

特别是，妈妈一旦来了精神，或是身体状况有所好转，她就会叫上玛瑞塔，来家里共度女性之夜。玛瑞塔于是让丈夫在家里照看孩子，安排妥当，梳妆打扮好，第一时间赶到妈妈这里。玛瑞塔从不按门铃，照例先敲三下门，然后径直走进来热情地问候她们。珍娜和妈妈从各自的沙发里转过身来，同样报以由衷的欢迎，妈妈提议开一瓶红酒，拆几包零食，边吃边喝边聊。珍娜还不能喝酒，妈妈于是用气泡水，柠檬片和果汁调配出特制饮料，再加上用冰格冻出的冰块，味道好极了！

干杯！玛瑞塔首先欢呼起来，三只玻璃杯碰撞在一起，发出清脆的声响，象征着女性之夜正式拉开帷幕，这绝对是为数不多值得庆祝的时刻。

玛瑞塔总是会和妈妈聊到很晚。

每每撑到困得睁不开眼睛的时候，珍娜总会将头枕在妈妈的膝盖上，懊恼着自己只有十三岁，渐渐进入梦乡。玛瑞塔和妈妈彻夜不眠，点亮一根又一根蜡烛，刻意压低嗓门说说笑笑，生怕惊扰到珍娜。珍娜格外珍惜这一刻：烛光摇曳，喁喁私语，漫长的夜也变得温馨起来。

她终于不再恐惧。

她终于不再被万千思绪困扰。

她终于能安心睡去。

可是这一次，玛瑞塔没有过来。妈妈实在太虚弱了。

"我可以多留几天再走，"外婆主动说，"我已经和同事请过假了。"

"其实我一个人也可以的。"珍娜小声说道。

妈妈躺在床上，整个人苍白而疲惫。珍娜和外婆分别站在两侧，那架势好像两名警卫。

"我再住一段时间吧。"外婆做出了决定。她用纸巾擦去妈妈额头上的汗珠，柔声问道："丽芙，你想吃点什么吗？"

妈妈说了声谢谢，我想喝点水。不过进食并不是最重要的，她需要的是休息，恢复体力。外婆点点头，退出房间。珍娜在床边坐下，想要伸出手抱抱妈妈，却突然犹豫了。妈妈看起来似乎和原来不一样了。

"还需要我做什么事吗？"珍娜问。

"不用，乖女儿。"妈妈说，"我没事，放心吧。"

珍娜又坐了一会儿，目光始终没有离开包裹在毛毯下的妈妈。她想告诉妈妈，法语老师艾丽斯表扬她纯正的法语发音，体育老师约根一直在劝她考虑改打篮球，还有前几天，萨卡在楼道里顿了顿，冲她点了点头。

你们真的会聊这些？苏珊娜曾经问过一次，她指的是关于男生的话题。

真的。她们真的会聊。

珍娜拿起纸巾，也在妈妈额头轻轻擦了擦。她特别想说，自己不想要外婆住在家里，她想要单独和妈妈在一起，她一个人能处理所有事情。可这不现实，她望着妈妈，意识到自己的想法并不现实。

"水来了！"外婆一阵风似的冲进来，房间里顿时充满了她的香水味。

妈妈接过玻璃杯，咕嘟咕嘟喝了几大口。

"我们都出去，让妈妈休息吧。"外婆拍了拍珍娜的肩膀，"有需要就叫我，丽芙。"

"叫我也一样。"珍娜说。

但妈妈没有任何回应。还没等外婆和珍娜走出房门，她已经昏昏沉沉睡了过去。

第十五章

一连好多天，整个屋子都充斥着外婆的浓郁气息，久久挥散不去。无可奈何之下，珍娜找了个借口逃了出去，拉上苏珊娜躲进"卡琳之家"。"卡琳之家"是城里最受欢迎的咖啡馆，几乎天天顾客盈门。珍娜和苏珊娜只找到窗边的一张空台，桌子稍微有些晃，不过透过窗户望出去的雨景倒是别有情趣。

"就它了！"苏珊娜满意地在窗边坐下。

珍娜小心地将咖啡杯和托盘搁在桌上。她其实不喜欢喝咖啡，只是觉得在咖啡馆不喝咖啡未免有些奇怪。当然茶也不错，可是咖啡显得更有品位。

"呃，"看见珍娜喝了口咖啡，苏珊娜不由撇撇嘴，"你真觉得这玩意儿好喝？"

"嗯。"珍娜边说边往咖啡杯里又丢了一块方糖。

苏珊娜一脸疑惑，并不打算就此深究下去。

"你家里还好吧？"她换了个话题。

"好的话我还会在这儿？"珍娜反问。

苏珊娜耸耸肩，显然有些讶异，不知道该说什么。珍娜后悔自己话说得太冲，赶紧解释几句缓和气氛。

"我是说，毕竟外婆还住在家里嘛。"她勉强挤出一个微笑，"我猜妈妈应该觉得挺好，可我自己嫌麻烦。"

"不过你外婆看着挺和蔼啊。"

"和蔼是和蔼。可她年纪大了。"

"才没有！她有六十吗？我外婆都快一百了！"

"反正我不乐意和年纪这么大的成天住一起！"

苏珊娜点点头，津津有味地喝着自己的热巧克力。珍娜抿了口咖啡，苦涩的滋味弥漫过整个牙龈。

不。

一点也不好喝。

吸烟区突然响起一阵放肆的笑声。珍娜这才发现那里挤挤挨挨的几张熟悉的面孔：乌丽卡、卡罗、丽瑟洛特，还有约翰、亨克以及亨克的几个哥们儿。不消说，放肆大笑的肯定是乌丽卡。她拍着大腿，笑得几乎喘不过气。怎么这么好玩！亨克冲一个哥们儿象征性地捶了一拳，说道不错啊，真不错。

"乌丽卡成天都嘻嘻哈哈的。"苏珊娜感慨道。

"那又怎么样，她妈妈可是个酒鬼。"珍娜说。

一滴热巧克力顺着苏珊娜的下巴滑落下来。她目瞪口呆。

"不是吧！"

"真的，我亲眼看见的。以前我也怀疑过，但不确定。我好几次都在楼梯上看见她醉醺醺的。"

"哼，"苏珊娜掩饰不住的幸灾乐祸，"活该。"

"就是。"

珍娜向吸烟区瞥了一眼。乌丽卡占据了正中间的位置，尽管吸烟区设在咖啡馆偏僻的一角，沙发的色调又是偏暗的棕红色，他们一群人还是当之无愧地成为整场的焦点。

无论走到哪儿，乌丽卡都属于自带光环的那一个。

咖啡馆的大门猛然被推开，门上风铃叮当作响。

"见鬼。"一阵凉风卷了进来，珍娜脱口而出。

推门而入的正是萨卡、托伯和尼克。他们显然是冒雨冲过来的，萨卡的一绺刘海湿漉漉地遮住了眼睛。

"不是吧，这回糟糕了。"珍娜倒吸一口凉气。

"哎哟，"苏珊娜也愣了一下，"没事的，珍娜。他们肯定看不到我们。"

珍娜心里嘀咕说，但愿吧。

不过隐隐地，她又希望苏珊娜的预言失灵。

萨卡、托伯和尼克四下环视了一圈。咖啡馆的女主人卡琳站在柜台后，冲他们点头致意，他们也点了点头。都坐满了，卡琳做了个遗憾的表情，抱歉地耸了耸肩。他们三个又点点头表示理解。这时，吸烟区那边突然骚动起来。

"喂！"乌丽卡满脸堆笑地冲他们嚷嚷，拼命挥着手，丰满的胸部跟着一抖一抖的。

"你们可以来我们这儿挤一挤！"卡罗用期待的目光望着托伯。

"嗯，我腿上还能坐一个！"乌丽卡半开玩笑地说。

"那也坐不下吧。"托伯为难地表示拒绝。

这是珍娜听见的唯一一句回答。相隔距离太近，她不敢朝门口看，生怕被萨卡发现，只好紧张地盯着窗外，同时从口袋里摸出一管润唇膏。

"他们看见我们了，"苏珊娜突然冒出一句，"天哪，他们走过来了，珍娜！"

"什么走过来了？"珍娜小声问，机械地往嘴唇上涂抹润唇膏。

"注意仪态！"苏珊娜从牙缝里挤出这几个字。

珍娜赶紧收起润唇膏，双手搭在桌子上，一会儿摸摸托盘，一会儿转转咖啡杯，一副饶有趣味的模样，似乎对咖啡怀有无比深厚的感情。

"不好意思，里面都坐满了。能和你们拼下桌吗？"

问话的是托伯。站在他身后的是尼克和帅帅的萨卡，他们距离珍娜和苏珊娜仅有咫尺之遥，并且想和她们坐同一张咖啡桌！

"当然可以啊。"苏珊娜爽快地应允下来，同时向珍娜投去意味深长的一瞥。

珍娜有些不好意思，苏珊娜做得也太露骨了，好在男生们完全没注意到。天哪，萨卡就坐在珍娜旁边，他脱掉外套时，一股萨卡的专属气味向珍娜扑面而来。

她幸福得快要晕过去了。

三个男生都点了咖啡，珍娜突然为自己的选择感到庆幸。她瞥见一旁的苏珊娜极力遮掩着自己的热巧克力，苏珊娜平时不都大大咧咧，不在乎别人眼光的吗？嘿嘿。

萨卡、托伯和尼克陆续摘下围巾和手套，将淋湿的外套搭在椅背上，然后调整好座椅间的距离，一阵窸窸窣窣后，桌边突然安静下来。

拜托，谁能开口说句话啊！

珍娜故意用膝盖碰了碰苏珊娜，可苏珊娜只是低头盯着热巧克力，脸颊泛着潮红，不时抿起嘴，挤出两只酒窝。

"总的来说，电影还是很棒的。"珍娜终于决定率先打破沉默，同时意味深长地看了苏珊娜一眼。

可苏珊娜完全没领会她的用意。

"什么电影？"她弱弱地问了一句，偷瞄着男生们的反应。

"就那部嘛，"珍娜有点急了，"我们昨天看的那部。真的很不错。"

苏珊娜一脸茫然地瞪着珍娜，珍娜恨不得在桌子下面狠狠踹她一脚。她反应也**太迟钝**了，好在托伯及时接过了话头。

"你们和我们是一个学校的吧？"他说话的时候，塞在嘴唇后的口含烟一鼓一鼓的。

"嗯，是哒！"珍娜故作轻松地答道，迅速喝了一大口咖啡。

"我们是邻居，"萨卡告诉托伯和尼克，接着向珍娜点了点头，"住同一个楼道。"

"这样啊，"托伯反应过来，"和乌丽卡家在一起咯？就是亨克的女朋友。"

"嗯。"珍娜答道。

"那几天前她家开的派对，你也去了？"尼克边问边惬意地趴在桌上。

他目光炯炯地直视着珍娜，珍娜，不是苏珊娜。尼克也很帅，但比不上萨卡——萨卡，珍娜完全不敢用目光打量的萨卡。

"没。"珍娜为自己的答案懊恼不已，"我没去。"

"那你呢？"尼克稍稍侧过脸，继续追问，苏珊娜紧张地拼命清嗓子。

"我那天不能去。"苏珊娜最后好容易憋出一句，"可惜了。"

不能去。

珍娜默默替苏珊娜尴尬不已。这算是什么破答案？就好像她彻底被排挤在外一样。

"这样啊，"尼克将目光移回萨卡和托伯身上，"那场派对真是糟糕透顶！"

"没错，糟糕透顶，"萨卡附和道，"邻居快抱怨疯了。"

珍娜想说，我可没有，但她只是沉默地坐着。

在那种场合下，她说什么似乎都显得笨拙，可她什么都不说，也显得笨拙。好在有苏珊娜在，她还算有个垫底的。苏珊娜正在兴致勃勃地讲述着马场发生的八卦。

"我已经不骑马了。"珍娜提高了嗓门，故意想让萨卡听见。可男生们还沉浸在那场糟糕透顶的派对中。

"对不起啊，"苏珊娜说，"我还以为你对八卦感兴趣呢，不过，咳……"

她迅速喝下一大口热巧克力，嘟起嘴巴。

"亨克还在浴室吐了！"尼克突然冒出一句。

他转身向吸烟区张望。

"亨克！"他扯开嗓门嚷嚷，"还记得你在派对上干了什么吗？就在乌丽卡的浴室？"

吸烟区爆发出一阵笑声。尼克将两根手指塞进嘴巴，模仿呕吐的声音。

"喂，你还记得吗？"他继续嚷嚷。

"闭嘴！"亨克吼了回来，满不在乎地哈哈直笑，顺势将胳膊搭上乌丽卡的肩膀，乌丽卡脸上已经没了笑容，愤愤地瞪着珍娜和苏珊娜的桌子。

珍娜知道乌丽卡愤愤的原因。倒不是浴室呕吐事件，乌丽卡之所以不满，是因为珍娜和苏珊娜身边坐着九年级的三个帅哥。

这种感觉真不错。

简直棒极了。

❧ 第十六章 ❧

"你看到启瓶器了吗？"珍娜问。

外婆站在水槽前忙着清洗碗碟，她向固定在抽油烟机旁的钩子努努嘴。

"我放那儿了，"她说，"感觉更合适。"

珍娜胸中压抑多日的怒火瞬间被点燃了。

"我们一直都是放在第四格抽屉里的！"她说完，砰一声撬开可乐瓶盖，将启瓶器扔回原来的地方。

外婆转过身看着她。

珍娜瞪着外婆。

"苏珊娜可算是回家了。"外婆换了个话题。

"你这话什么意思？"珍娜几乎脱口而出，不由暗暗惊诧于自己的胆量。

"现在都十点多了，珍娜！妈妈需要保证足够的睡眠，你又不是不知道！家里这么多人跑来跑去，吵都吵死了。"

"这么多人？多少算多？"

"你不能只顾你自己，珍娜。"

"只顾我自己？"

妈妈死了怎么办？妈妈会死的，妈妈的腿总是钻心地疼，妈妈会死的，妈妈死了怎么办？妈妈死了怎么办！

"只顾我自己！？"

珍娜的泪水在眼眶里打转，她不知道自己为何要哭，但泪水是那么真切，模糊了她的视线。

"你他妈什么都不知道！"她歇斯底里地怒吼，"什么都搞不清楚，所以给我闭嘴，别再烦我！"

珍娜已经不再欢脱地蹦蹦跳跳了，而是像只小猫一样蹑手蹑脚地溜进房间。她整个人就是一座行将爆发的火山，那些愤怒的词汇仿佛炽热的岩浆，以无可阻挡之势喷薄而出。外婆没有应声，默默将头扭向一旁，眼神变得越发空洞。

"外面怎么了？"

妈妈醒了——苍白浮肿的妈妈，难捱疼痛的妈妈，渴望休息的妈妈。

"就不能替你妈妈想想嘛！"外婆嘶哑着嗓子，一滴眼泪顺着她化过妆的脸滑落下来。

珍娜的呼吸变得急促起来。

"多替你妈妈想想，她病了，她已经受够罪了，就不能让她的日子好过点吗？！"外婆继续道。

她洗完最后一只瓷盘，插在沥水架的隔栏上，用抹布擦去溅在水槽边的水渍。

"没事，丽芙！"她朝着妈妈的房间大声回答，"都挺好的，放心吧。"

"珍娜，你们在吵什么？"妈妈追问。

外婆向珍娜使了个眼色。

"没什么。"珍娜泄气地答道。

外婆将抹布晾在龙头上。珍娜转身走回自己的房间。那是属于她的领土。

"启瓶器还是放在第四格抽屉里。"珍娜丢了这么一句话，砰地关上门。

❧ 第十七章 ❧

长条餐桌，红色餐巾纸，新熨过的桌布，从其他教室挪来的椅子，以及借来的一捧塑料花。

筹备会的准备工作毫无悬念地落在珍娜和苏珊娜身上，因为她们是班里唯一没有表示拒绝的。确切说，是不敢表示拒绝。苏珊娜的意思是，这样做对未来的评估有益处，珍娜也就不好反对。

班里的其他同学承诺过提前半小时到，所以晚上六点三十三分，当珍娜和苏珊娜将最后几只咖啡壶搬进会场时，其他人正无所事事地围坐在一起，有的摆弄水杯，有的折餐巾纸玩。

"太不像话了。"布丽塔生气地教训了两句，然后四周转了转，确保一切准备妥当。

"你们做得很好。"她转向珍娜和苏珊娜，脸上露出满意的笑容，同时亲自稍作调整，使得自助取餐台看起来更为井然有序。

当晚，布丽塔话很多，笑得也格外大声。

"我说，珍娜，苏珊娜，"她问，"你们的父母来了吗？"

珍娜忙着旋紧一只咖啡壶的壶盖，苏珊娜则乖巧地直点头。

"我哥哥都来了，"她说，"他是来看展示环节的泳装表演的。"

苏珊娜的哥哥名叫斯蒂方，是高中合唱团的，有一个女朋友。

"泳装表演？"布丽塔一脸困惑，眉头拧成一团，"苏珊娜，这可是十月，天寒地冻的，不可能准备什么泳装表演啊。"

苏珊娜耸耸肩。

"算了，我说都说了。不然他才不肯来，多一个人参加不是蛮好嘛。"

"也对……也对。"布丽塔喃喃自语，完全忘记了询问珍娜的妈妈是否出席。

家长们陆续涌入会场。一张张成熟的面孔上带着充满责任感的微笑，布丽塔顶着一头蜷曲的长发，腆着越发圆润的啤酒肚，在人群中挤来挤去。

"真不错，真不错。"家长们对着精心布置的餐桌啧啧称赞。

"多谢，多谢。"布丽塔满脸堆笑，伸出手逐一打招呼。

布丽塔和家长每握一次手，别在衣襟上的胸针就颤动一下。珍娜看不出胸针的造型究竟是猫咪还是驴子，总之挺丑的。珍娜真不理解这枚胸针存在的意义。

一切都安排得妥妥帖帖，每位家长都坐在各自的座位上，面前摆放着红色的餐巾纸和白色的塑料杯。学生们有单独的桌子，珍娜和苏珊娜照例挨坐在一起。珍娜时不时往门口看去。

"你妈妈来吗？"苏珊娜轻声问。

"她能来就来。"珍娜将目光锁住进口的方向。

苏珊娜没再说话。珍娜总算松了口气，她的脑子里乱极了，内心满是忐忑和不安。

拜托，拜托，拜托，快来啊。珍娜唯一的念头就是能够捕捉到妈妈的身影。

珍娜的母亲呢？

不知道。她大概不来了。反正这儿也没人认识她。

那她父亲呢？

跑啦。她小时候就跑啦。

家长们开始喝茶，喝咖啡，吃点心。

但珍娜的妈妈还是没来。

"这儿能抽烟吗？"有人问。

是乌丽卡的摩登妈妈。她化了浓妆，一身红色连衣裙，脚踩高跟鞋。

"大家觉得无所谓呢，还是？"她环视四周，扬了扬手里一根尚未点燃的香烟，轻浮地笑了两声。

学生那桌跟着笑起来。乌丽卡笑得尤其大声，嗔怪妈妈说话没轻没重，但约翰和鲍尔都表示她酷极了，乌丽卡这点肯定是遗传她的。

"你请客吗？"约翰冲摩登妈妈喊了一句，乌丽卡嗲声嗲气地让他闭嘴。

摩登妈妈站起身，剧烈摇晃了一下，差点把椅子掀翻在地。

约翰的爸爸及时扶住了椅背，坐在两旁的家长这才松了一口气。

"谁问的？"摩登妈妈边笑边问，根本没注意到椅子的事。

"我，"约翰答道，"帅哥一枚！"

"天哪，我怎么不知道！"约翰的爸爸揶揄道。

珍娜注意到大家都在竖起耳朵聆听这场对话，当然此刻也的确没有其他事可以做。尽管大多数人都在笑，但他们的眼神里多少流露出不够得体的尴尬。只不过理性被感性占了上风，实在忍不住觉得可笑。

布丽塔也笑了一下，那是在她表示学校规定室内禁止吸烟时，为了缓和氛围才勉强挤出的笑容。摩登妈妈做了个无奈的手势，悻悻地坐回自己的位置，身体跟着又摇晃了一下。她喝多了吗？场内有人窃窃私语。

"回聊，帅哥！"摩登妈妈向约翰抛去一个飞吻。

"期待啊！"约翰得意地回应。珍娜敢肯定，他已经硬了。

基本上，只要听见"女孩"这个词，约翰就会产生生理反应。全班去游泳的时候（珍娜讨厌游泳！珍娜讨厌游泳！珍娜讨厌游泳！）一大群女生穿着比基尼或连体泳衣跑来跑去，约翰就有麻烦了。他的泳裤鼓鼓囊囊的，珍娜觉得恶心之极。他就不能克制下自己吗，就不能稍微冷静点吗。

硬汉约翰。

在一片喧哗声中，珍娜几乎忘记了腹部的阵阵绞痛，随着会场大门嘎吱一声被推开，渐渐消失的绞痛感又一次汹涌而至。直到那一刻前，她都是打从心底希望妈妈能出现的，但看见妈妈身影的瞬间，她立刻就后悔了。她觉得羞愧，她觉得羞愧到无地自容，最糟糕的是，她为自己感到羞愧而羞愧！

妈妈。

妈妈费了好大劲才爬上楼梯，额头上满是细密的汗水，正撑着那对该死的拐杖靠在门口。妈妈呼哧呼哧喘着粗气。该死，该死，真该死，妈妈居然来了，确切说，是珍娜自己劝她来的。珍娜后悔不迭，自己当时是怎么想的嘛！

会场突然安静下来，所有人的目光都集中在妈妈身上——拄着拐杖，上气不接下气的妈妈。她今天穿了一条连衣裙，虽然谈不上喜欢，但除了松松垮垮的家居服外，连衣裙是唯一能够得体地出席正式场合，同时又不致太过紧绷，压迫病腿加剧疼痛的服装。

妈妈开始缓慢地移动步伐，目光逐一掠过在场的各位家长，最后落在脚边。一位男士跑上前去，热情地询问有什么可以帮忙的。珍娜清清楚楚地听见，妈妈说想要喝杯茶。男士说没问题，这就帮她去倒，妈妈可以先找位置坐下。

于是妈妈拄着拐杖，颤颤巍巍地挪到家长桌旁边。

"你不过去打个招呼吗？"苏珊娜用胳膊肘碰了碰珍娜，善意地提醒道。

"过会儿吧。让她先喝口水稳定一下。"

"哦，那……"

会场内重新恢复了人声鼎沸，珍娜大口大口地喝着果汁，苏珊娜还在继续之前的话题。

"你妈妈能来真不错。"她试着让珍娜振作起来，珍娜很想表示同意，可怎么都说不出口。

她试着融入其他人的聊天，可实在提不起劲。

她只能努力压抑自己落荒而逃的冲动。

然而，她最不愿见到的一幕还是发生了。妈妈的邻座突然冒出一句：

"啧啧啧，你这是伤到哪儿了吗？"

邻座冲着双拐点点头。妈妈咽下一口热茶，放下杯子，目光直视着邻座的眼睛。

"我得了癌症。"她答道。

妈妈的语气很镇定，镇定而坦然。但对于其他人来说，在提及关于癌症的话题时并不能做到镇定或坦然。癌症是人们不愿意听到的字眼，是人们避之不及，并且，在得知后不知如何是好的怪物。但妈妈总是表现得过于直率，诚恳而直率，毫无遮掩或粉饰，这正是珍娜所痛恨的。都怪妈妈的直率！邻座的表情突然变得僵硬，两腮通红，喃喃道真对不起，真对不起。

至于珍娜。

珍娜绝望地盯着面前的塑料盘，默念着拜托拜托拜托，这对话千万别让其他人听见。

第十八章

珍娜已经不吃早饭了。

"你真的什么都不吃吗？"卧室里传出妈妈的声音——妈妈在卧室里的时间越来越多了。

"你真的什么都不吃吗？"厨房里传出外婆的声音——外婆在厨房里的时间也越来越多了。

"不吃。"珍娜一口回绝。

她跑出家门，冲下楼梯，背靠着楼道大门向外一顶，和萨卡撞了个满怀。

"嗷！"珍娜不偏不倚跌进萨卡的怀里。

"哎哟！"珍娜头一甩，马尾辫的发梢甩过萨卡的脸颊。

珍娜一惊，手里的包啪嗒一声掉落在地。她设想过和萨卡偶遇的各种画面，但直接跌进对方怀里，却是她怎么都预料不到的。

她真是个不折不扣的笨蛋。

"早，"珍娜弯下腰，忙着收拾散落一地的纸笔和课本。萨卡主动打了招呼。

"哎，早。"珍娜觉得此刻的自己显得格外渺小。

"你还好吧？"萨卡继续问道。

"还好。"珍娜听得晕晕乎乎，只能模糊地回应道："你呢？"

事实上，她根本没有办法给出更细节的答案，她的心怦怦直跳，双腿阵阵发软，手指不受控制地颤抖着。萨卡额前的黑发从连帽衫的兜帽下支棱出来，下巴上还有一层浅浅的胡茬——这是珍娜第一次这么近距离地观察他。

　　"我还不错啊。"萨卡嘴里说着，手在口袋里紧张地摸来摸去，"糟糕，我忘了拿样东西，才刚想起来。"

　　"咳，这种事常有。"话一说出口，珍娜就意识到自己的口气和外婆简直一模一样，不由打了个激灵：她才不要过成外婆那样。

　　"是啊，"萨卡说，"这种事常有。"

　　他点点头，又在口袋里摸了摸，然后耸耸肩，呼出一口气。

　　"我说，你这周五去蹦迪吗？"

　　"蹦迪？"

　　"嗯？就在工会俱乐部。这周五晚上有蹦迪。"

　　"是吗？"珍娜刚说完，立刻改口，"所以蹦迪安排在这周五？我还以为是下周呢。"

　　"不是，就是这周五。"萨卡说完，嘴角扬起一个微笑。天哪，他微笑的样子实在太迷人了！

　　"哦，那我当然去啦，"珍娜答道，"一定。"

　　"好啊好啊。可我现在要去拿……那个了。周五见。"

　　萨卡的口袋里传出一阵摇滚乐的旋律，他掏出手机，抱歉地看了珍娜一眼，擦着她的身体冲进楼道，消失在楼梯尽头。

　　萨卡虽然离开了，但某种东西留了下来，不仅仅是他香水的气味，也不仅仅是盘旋在她脑海里的手机铃声，而是某颗温暖的种子，在珍娜心中悄悄埋下。

从此生根发芽。

"所以这周五，我们一定一定要去蹦迪！"

珍娜拼命摇晃苏珊娜的胳膊，差点没把她的眼镜震下来。

"为什么？"苏珊娜细声细气地问，有条不紊地穿上外套，"我们又不喜欢蹦迪。"

"我们又没去过真正的迪厅呢，就是高年级男生会去的那种，你怎么知道我们就不喜欢？反正我一定要去，必须去，你懂吧？"

珍娜挑衅地盯着苏珊娜。

"要去你自己去，"苏珊娜说，"反正你也是去和萨卡调情的。"

"哪有你说的那么夸张！"

珍娜做了个不屑的鬼脸，以遮掩内心的躁动不安。

和萨卡调情。

首先，和萨卡搭讪。

然后，和萨卡调情。

"哪有你说的那么夸张！"珍娜重复了一遍，"我当然不会和萨卡调情，完全不可能嘛！我们又不是冲着他去的，纯粹是因为没去过嘛，你不觉得蹦迪很好玩吗？"

"我不知道，"苏珊娜说，"我打算那天去马场骑马来着。"

"骑马哪天都行啊！去嘛去嘛，苏珊娜，多酷啊！"

"哈，你突然觉得蹦迪酷了？"

苏珊娜有些生气地看着珍娜。

珍娜没吭声，脑袋歪向一边，一副可怜兮兮的模样，拉着苏珊娜的手央求道：

"你最好啦，苏珊娜，最最最最好！"

苏珊娜扑哧一笑。这招撒手锏珍娜从幼儿园用到现在，屡试不爽。

"好啦好啦，我去还不行吗？"苏珊娜故意叹了口气，"不过我可说清楚了，绝不是因为酷。"

"你说什么就是什么！"珍娜扑上去用力拥抱了苏珊娜，害得她眼镜又差点掉下来。

"小心点！"苏珊娜嘀咕着。

"你是我最好最好的朋友，"珍娜说，"肯定会很好玩的，我保证！"

"但愿吧。"

当珍娜宣布，自己这周五晚上不能留在家里和她们吃披萨时，妈妈和外婆表现出异乎寻常的高兴。起初珍娜还有些犹豫，但妈妈坚持说让她别有顾虑，而且妈妈和外婆似乎都认为蹦迪是项隆重之极的活动。珍娜只觉得整件事被夸大其词到令人尴尬，几乎想要反悔。

可她不能。

她已经没有退路了。

周五下午，珍娜放学回家后，在厨房里见到的并不是妈妈和外婆，而是妈妈和玛瑞塔。

"好久不见，玛瑞塔！"珍娜大声招呼着，冲过去给了玛瑞塔一个大大的拥抱。

玛瑞塔的身上散发着咖啡和洗发水的味道。

"外婆呢？"珍娜靠在玛瑞塔的肩上问道。

"外婆回家去了，"妈妈微笑着说，"外公有事需要她帮忙。"

"我看是你不需要她了吧，"珍娜说，"你气色不错嘛，妈妈。"

珍娜是半开玩笑半认真的。妈妈仍旧和从前一样脸色苍白，冒着虚汗，稍微用力表情就变得狰狞。不过，今天她的眼睛里透出格外的生机和活力，仿佛闪着亮光。珍娜猜这都是玛瑞塔的功劳。

感谢玛瑞塔。

"真的好久不见呐，"玛瑞塔搂住珍娜，"你看着挺不错嘛。"

"今天晚上玛瑞塔会留下来陪我的，"妈妈解释道，"看！"

妈妈伸出胳膊，拿过斜靠在餐桌花瓶上的信封。

"给你的，珍娜。"她说。

"是什么？"

"呃，就算是一笔蹦迪赞助吧！"

妈妈冲玛瑞塔眨眨眼，玛瑞塔也冲妈妈眨眨眼。

"我们准备出发采购啦，就你和我两个！"玛瑞塔兴奋地搓搓手。

"就现在？"

"去蹦迪，你总得打扮得漂漂亮亮的，"妈妈说，"就你常穿的那条裤子，珍娜，我总觉得短了点，你说呢，玛瑞塔？"

玛瑞塔不得不表示赞同，嗯，那条红色的灯芯绒裤子的确有点短。于是珍娜和玛瑞塔两个在市中心兜了一圈又一圈，从打底衫到裤子统统试了个遍。

玛瑞塔认识每家商店的店员，左问右问地咨询意见。

"这件怎么样，珍娜？"玛瑞塔站在更衣间外，隔着布帘满心期待地问道。

"不怎么样。"珍娜答道。

的确不怎么样。珍娜懊恼地打量着镜子里的自己，心里满是沮丧。她试穿的这条裙子套在假人模特身上还很漂亮，躺在玛瑞塔手里也很漂亮，甚至挂在试衣间挂钩上时都很漂亮，如今穿在珍娜身上，看着就没那么漂亮了。

你真丑，珍娜。

确实丑。

你真是太丑了。

"让我看看？"玛瑞塔在布帘那头问道，珍娜刚要拒绝，说裙子不合适，打算换家店逛逛时，外面突然响起一个陌生的声音。

"尺寸合适吗？"陌生的声音一边说，一边大大咧咧地拉开布帘。

一览无遗。

珍娜毫无曲线的身体彻底暴露在店员面前。

"不太合适。"珍娜抱歉地说，脸涨得通红，极力避免看见镜中的自己。

其实根本不用看，珍娜也很清楚镜子里会是怎样的情形。一具瘦瘦长长、不够圆润的身体，烟灰色的头发朝四面八方支棱着，一张略显苍白的脸，一对尚未发育、两只小鼓包一样的胸部。骨节明显的膝盖露出裙边，两条细瘦的腿上青一块紫一块——珍娜总免不了磕磕碰碰，不是撞到门就是撞到桌角。

外婆总是用过来人的口吻安慰她，因为你在青春期嘛。青春期的少女都不太会控制自己的身体。

青春期？

她宁可不要。珍娜能感到胸部隐约的胀痛，可就是不见它长大。月经没来，腋毛还很稀疏。总而言之，珍娜完全没有少女的甜美。

只有难看。

几小时后，她们终于带着几袋战利品回家了。

购物袋上分别印着连锁超市、综合商场和品牌服饰的标志，里面装着一条棕色长裤，一件背心，玛瑞塔挑选的化妆品、一份报纸和珍娜为妈妈买的一瓶气泡水。

在奥伦斯①的化妆品柜台前，珍娜一度有所抗拒：我从没化过妆哎。

玛瑞塔对此的回答是，刷点睫毛膏会加分不少，要不试试看？我替你做主啦！再加点眼影，怎么样？

妈妈不得不亲自帮珍娜画眼影。感觉多少有点别扭，但同时也挺……温馨的。被照顾，被呵护，而且妈妈似乎也乐在其中。妈妈在珍娜的眼皮上精心地描上两道金色的眼影，然后让玛瑞塔去浴室的化妆镜后面找来一盒浅色的眼影。

"多些层次效果会更好。"妈妈解释说。

玛瑞塔先是惊呼你太漂亮了，然后妈妈点头称赞说你的确很漂亮，珍娜，最后她俩满意地给珍娜拍了照片（这绝对是值得铭记和珍藏的一刻），珍娜这才得以脱身，跳上自行车，抄近路向苏珊娜家奔去。她们约好蹦迪之前在苏珊娜家坐一会儿的。

---

① 奥伦斯（Åhléns）为瑞典大型连锁购物中心，建于1899年，总部位于斯德哥尔摩。

第十九章

"你化妆了吗？"苏珊娜问。

珍娜耸耸肩，侧过身从门缝里挤进来。

"都是玛瑞塔给我买的，"她答道，"放着不用有点说不过去。"

"那是。"

苏珊娜用玩味的眼神打量着珍娜，似乎难以做出评价。苏珊娜对此一直都是持反对态度的，确切地说，她反对一切刻意粉饰出的效果。比如她自己梳头从来不会超过两分钟，这辈子甚至润唇膏都没用过！

珍娜避开苏珊娜的目光，不过最终还是收获了一句真诚的赞美。

"还是挺漂亮的。"苏珊娜说。

珍娜向镜子里瞄了一眼，心中不由泛起痒痒的酥麻感。她回忆起和玛瑞塔一同在市中心闲逛的情形，玛瑞塔是那么活力四射，神采奕奕，全身上下洋溢着青春和酷炫的气息。她邀请珍娜喝咖啡，兴致勃勃地聊起办公室里个性迥异的同事，她称之为"一群怪胎"。她问到珍娜对于男生的看法，珍娜忍不住透露了自己的小秘密。

你当然应该主动，玛瑞塔是这么说的，绝对应该主动！你只需要走上前，邀请他跳舞就行！你并不会损失什么，珍娜，再说，你要知道，这个世界上没有什么是不能失去的。

珍娜百分之百同意玛瑞塔的看法，而且越想越觉得美好。那是一种久违的感觉，两个人肩并肩地走在街头，没有拐杖戳在地面上发出的踢踢踏踏，没有路人投来的疑惑而同情的目光，只有相同的步速，正常的姿态，任谁见了都会以为是母女俩，感情融洽的母女俩。珍娜完全可以是玛瑞塔的女儿。玛瑞塔自己没有女儿，只有四个儿子，所以，珍娜完全可以当她女儿，她也完全可以当珍娜的妈妈。

在假想的世界里，珍娜可以过上正常人的生活。

然而。

她不可以这么想。

"斯蒂方带了一帮朋友在地下室呢，"苏珊娜拿起珍娜的外套，"他们晚上也要出去。斯蒂方说我们可以先玩一会儿，哈哈！"

"他女朋友也在吗？"珍娜问。

珍娜从没见过斯蒂方的女朋友，一个叫卡塔的女孩。卡塔来的时候，斯蒂方总是反锁自己的房门，甚至用胶带严严实实地贴住锁孔。斯蒂方太了解自己的妹妹了——苏珊娜总是怂恿珍娜一起透过锁孔偷看房内的一举一动。

"不在，"苏珊娜语气中有掩饰不住的兴奋，"你知道吗，他们分手了！"

"不是吧！"

"真的。是斯蒂方提出的。妈妈说前几天晚上，卡塔从斯蒂方房间走出来的时候，脸上表情可难看了。"

"唉。"

"嗯，不过斯蒂方倒是蛮高兴的。"

苏珊娜朝地下室的方向打了个手势，那里传来不间断的碰杯声、打闹声和说话声。

"他们在喝酒吗？"珍娜好奇。

苏珊娜点点头。

"你爸妈呢？他们不在家？"

"去朋友家了。斯蒂方的朋友好像还偷偷带了烈酒。他们做得也实在过分。我要是个大嘴巴，他们早就倒霉了。"

她们真的不是故意的。

就算苏珊娜和珍娜是出于好奇，才走进地下室的，那么对珍娜来说，应斯蒂方的盛情邀请，接过他的杯子喝一口啤酒也绝对是意料之外的行为。至于之后一杯接一杯地往下灌，简直是彻底失控。

见到珍娜喝酒，苏珊娜很生气。

"你这样子蠢透了，"她愤愤地说，"和乌丽卡她们一样蠢！你能不能稍微收敛点！"

可珍娜不想，也没法收敛。她坐在斯蒂方的大腿上，两个人醉醺醺、傻乎乎地哼着肯特乐团的歌，斯蒂方不时拨弄她的头发，她完全不想有所收敛。

"女生都迷肯特！"斯蒂方冲朋友得意地喊了一句，那几个男生都埋头在手机上玩贪吃蛇。

"女生还都迷小鲜肉呢！"斯蒂方的朋友揶揄道，笑闹着相互捶了几拳。

"小鲜肉可比不上肯特！"斯蒂方不服气。

他们在斯蒂方的房间里坐了两个多小时。珍娜感觉好极了，特别是斯蒂方和他的朋友们，都显得成熟而有趣。一个叫马蒂亚斯，一个叫弗列德里克，一个叫乔纳森，还有一个，珍娜忘了名字。

"喂，我们得走了。"忘了名字的那个捶了捶斯蒂方的背。

"马上。"斯蒂方许诺道，"我给珍娜看下我收藏的唱片，一会儿就好。来，珍娜，去我房间看看。"

"我们也要走了，珍娜。"苏珊娜整个人蜷缩在一张扶手椅里，微弱地抗议道。

"我就去看一眼斯蒂方的唱片嘛，"珍娜站起身，脑子晕沉沉的。斯蒂方不得不抓住她的胳膊，以防她摇晃得太厉害。

斯蒂方的房间并不大，地板上铺着深红色地毯，墙边摆着一张稍宽的单人床，一张真皮沙发，窗前的写字桌上放着一台电脑。和苏珊娜的一样干净而整洁。

"这些是我收藏的唱片，"斯蒂方走到固定在墙上的几排搁板前。

珍娜紧随其后。斯蒂方身上散发出好闻的气味，珍娜不由得担心起自己身上的味道。

"有你喜欢的吗？"

斯蒂方温柔地问，珍娜的目光迅速掠过一列又一列唱片目录。

"我收藏的大多数都是肯特乐团的。"珍娜联想到自己的唱片，所有唱片都是肯特乐团的，她只买过肯特乐团的专辑，而且数量也不多。一来唱片价格挺贵，二来她距离拥有自己的音响遥遥无期。之前，珍娜曾经为此攒了快两年的钱，但后来妈妈住院化疗，外婆和外公决定用这笔积蓄贴补家用。珍娜能买得起的唱片于是也变得很单一。

肯特乐团。

因为他们实在是太棒了。

因为珍娜没怎么听过其他唱片。

斯蒂方站在珍娜身后，稍稍探出上身，越过她的肩膀和她一同端详起来。珍娜能看见他下巴布满和萨卡相似的胡茬，只不过看起来更加粗糙一些。她好奇用手掌摸过去，会不会感觉刺刺的，扎扎的。她想要亲手试探，想要亲耳听见唰唰的摩擦声，可她不敢。

　　"咳，这些唱片也不怎么样。"斯蒂方摇摇头，胡茬搔过珍娜的脖颈。

　　痒痒的，一点也不扎人。

　　"这张最棒。"珍娜边说边抽出肯特乐团名为《伊索拉》的专辑。

　　"哦，这张是卡塔送我的。"

　　"这样啊……"珍娜慌忙将目光移回搁板。

　　"你知道我们分手了吧？"

　　"嗯……"珍娜的脸唰一下红了。

　　斯蒂方从她手里接过唱片，手指擦过她的皮肤，暖暖的。

　　"我们来放着听好啦。"他说，"坐吧。"

　　珍娜坐在床边，软软的。斯蒂方弯下腰打开音响，垂下的头发遮住了额头，深棕色头发，和苏珊娜一样的深棕色。老天，站在音响前的是苏珊娜的哥哥，十六岁的斯蒂方，而坐在床边的是珍娜，十三岁的珍娜。珍娜完全不知道自己为何会出现在这里，她该走了，她早该走了。

　　"你今天真好看。"斯蒂方说。

　　"谢谢，"珍娜有些不好意思，斯蒂方也在床边坐下，紧挨着她——等等，其实也没有太紧挨着吧，距离她身边还有一小段间隔呢！

　　"你真的很好看。"斯蒂方喃喃重复道，伸出手开始拨弄她的头发。

这感觉实在惬意，珍娜禁不住闭上眼睛。

"我们跳舞吧，"斯蒂方说，"来。"

珍娜站起身，被一双温暖而结实的手臂拥住，在翩翩舞步中，陌生的房间也不再陌生：深红色地毯，真皮沙发，略宽的单人床，放有电脑的写字桌，固定在墙上的搁板，熟悉的唱片专辑，都随着音乐旋转起来。

"幸好你个子高，"斯蒂方说，"我总算不用猫着腰了。"

他自嘲地笑起来。珍娜跟着哈哈大笑，笑得浑身颤抖。

"你冷吗？"斯蒂方关切地问，手上稍稍加了些力，"我可以给你取暖。"

斯蒂方将珍娜整个拉近自己，紧紧拥在怀中。珍娜第一次和男生如此紧密地贴在一起，身体却并没有任何抗拒和不适。

"谢谢。"一曲终了，斯蒂方开了口。

这一切戛然而止。

"我要走了。"斯蒂方说。

"嗯，我也是。"珍娜慌忙松开手。

斯蒂方冲她微微一笑，绅士地打开房门，门外站着斯蒂方的几个朋友，用暧昧的语气打趣他们怎么调情调了那么久。

"闭嘴。"斯蒂方佯装生气地将鸭舌帽扣在乔纳森头上。

苏珊娜从扶手椅里跳起来，冲到珍娜面前。

"什么，你和我哥调情了？"她沙哑着嗓子责问道。

"闭嘴。"珍娜拽住她的胳膊往外拖，"走啦走啦。"

迪厅外人头攒动。

工会俱乐部今天来了不少人。有的在忘情地高歌摇滚，有的在骂骂咧咧，有的在到处借火点烟，有的酩酊大醉，直接从路上冲进灌木丛。

"你还行吗？"锁自行车的时候，苏珊娜担忧地问。

"当然没问题，"珍娜答道，"拜托，苏珊娜，我就喝了两瓶啤酒而已！离醉还差得远呢！"

"你怎么知道？"

苏珊娜仍在嘟嘟囔囔，珍娜不由得有些火大，在她看来，最好能给苏珊娜灌瓶啤酒稳定下情绪。

苏珊娜谨慎地给自行车上了三把锁。

"这儿的人喝起酒来可没数，"她还在絮絮叨叨，"你肯定醉到不行。"

"喂，你还有完没完？"

珍娜粗暴地勾住苏珊娜的胳膊，拽着她往入口走，一边从口袋里掏出钱包，付过门票，伸出手背敲了章。瞧，一点问题没有！

"真是人山人海啊。"苏珊娜紧紧跟在珍娜身后，犹犹豫豫地走进弥漫着干冰雾气的迪厅，五颜六色的灯光从四面八方投射过来，晃得她睁不开眼。

"好多都不认识。"苏珊娜继续发表感慨。

"管它呢，我们玩我们的。"珍娜根本不在乎她不认识的那些。

她在蹦迪的人群中焦急而兴奋地找寻深色头发的熟悉身影。

周五见。

迪厅见。

周五蹦迪见。

"我们跳舞吧！"珍娜突然变得十分起劲，跟着音乐节拍开始扭动胯部。

"我不跳。"苏珊娜拒绝,"我又不会跳。"

"我也不会啊!有什么关系!"

"你跳吧。我去那边坐着了。"

苏珊娜挣开珍娜,自顾自走到角落的位置坐下。珍娜叹了口气,在舞池内环视了一圈,没找到目标,又叹了口气,然后也走到角落的位置坐下。

她俩于是这么干坐着。苏珊娜双手抱胸,珍娜有些发愣,除了酒劲未退的晕眩,还有斯蒂方拥抱后残留的体温。

你真的很好看。

好看的是珍娜,一个焕然一新的珍娜,一个值得永远留在记忆画面里的珍娜。

"嗨!"

该死,熟悉的不安感重新包围了珍娜。乌丽卡。卡罗从她肩膀上探出脑袋,嘴里还叼着一根没点的烟。

"你们也在?"卡罗讶异地问,"难得嘛!"

卡罗和乌丽卡吃吃笑了起来,珍娜一阵尴尬,随即又为自己的尴尬感到有些恼火。

"哎,讲真的,"乌丽卡笑得上气不接下气,"真没想到能在这里碰到同班同学。"

珍娜不知道该往哪儿看。肯定不是乌丽卡刻意拉低的领口或饱满的胸部,至于直视乌丽卡的眼睛,她更是缺乏勇气。

"喂,你们不跳舞吗?"卡罗的眼睛因为兴奋而泛着血丝。

"我们刚跳过。"苏珊娜撒了个谎,"这不是累了在休息嘛。"

"哦。"乌丽卡似乎不太买账。

"不管怎么说，你俩觉得高兴就好。"卡罗跳出来打圆场，亲昵地打了下乌丽卡的屁股。

"派对女王来啦！"乌丽卡和卡罗欢呼着，扭动身体跳向舞池中央。临走前不忘向她们抛来飞吻，算是告别。

"胸大无脑。"等她们走远后，苏珊娜不屑地说。

珍娜一时间没弄清苏珊娜的火气从何而来，可也顾不上深究下去。她有更重要的问题需要思考：萨卡究竟在哪儿？

她完全没看见他的身影。

哪里都没有。

"各位帅哥美女，"负责打碟的 DJ 用磁性的嗓音宣布，"接下来是今晚的最后一首歌，我会把灯光调暗，请大家把握机会，别带着遗憾回家！"

麦克风里传来轻微的爆破声。

蹦迪的人群中一阵骚动。

把握机会。

玛瑞塔的叮嘱回荡在珍娜脑海。她只需要走上前，邀请萨卡跳舞就行。她和苏珊娜一整晚都坐在角落里，聊些有的没的，这已经是最后一首歌了，把握机会！她必须勇敢地迈出第一步！

"看那儿，"苏珊娜似乎看出了珍娜的心思，"他就站在 DJ 旁边。"

"我去了。"珍娜给自己鼓劲。

她真的去了。

珍娜站起身，一步步汇入舞池，伴随着碰撞和摩擦，从一具具温热的身体和一双双挥动的手臂之间艰难地挤向打碟台。自始至终，她的目光没有离开过萨卡，其他人似乎都被自动屏蔽掉了。她就快到了，快，快，快！

到了！

呼！

"一起跳舞吧？"珍娜还没来得及说出口。

"一起跳舞吧？"九年级的一个女生已经抢先一步发出邀请，萨卡欣然应允，留下珍娜愣在原地。

像个傻瓜。一个被抛弃的傻瓜。

"别光站着呀！"乌丽卡妖娆地扭动身体，紧紧勾住亨克的脖子。

旋转球灯突然扫过几束白光，珍娜本能地闭上眼睛，侧过脸去，冷不防被乌丽卡的手肘撞到颧骨。她的脸颊火辣辣地发烫，皮肤下似乎有伤口乍然崩裂，鲜血汩汩流出。

没错。

珍娜的内心正在流血。

第二十章

珍娜有过爸爸。

珍娜十岁的时候，的的确确有一个爸爸。只不过他不在家，每次她都要向别人解释，我有爸爸，他不在家而已。

十岁那年的一天，珍娜走进客厅，没看见妈妈。那时是初春的季节，妈妈喜欢坐在阳台上，煮上一壶咖啡，将脚搁在脚垫上，阅读马丁松的书。

珍娜偷偷溜进妈妈的房间，来到橱柜前，小心翼翼地抽出最下面一层抽屉，生怕吱吱呀呀的摩擦声惊扰了妈妈。里面挤挤挨挨地堆放着纸张文件，收纳盒和各种零碎物件。珍娜找到妈妈的首饰盒，首饰盒里放着一只红丝绒口袋，口袋里藏着一张纸条。

纸条上写着一个电话号码。

就是那个电话号码。

珍娜知道她有一个爸爸。她知道爸爸名叫康尼，住在斯德哥尔摩，有两个孩子和一个歪鼻子的新太太。说是"新"太太也不确切，妈妈和康尼从没结过婚，所以那个混蛋轻轻松松就溜了（妈妈在电话里和玛瑞塔说这话的时候，完全没料到珍娜就躲在门后偷听）。

康尼搬去斯德哥尔摩的时候珍娜还很小，没记错的话，她当时只有两岁。

珍娜知道她可以打这个电话。是妈妈告诉她的。妈妈的原话是：想打你就打好了，我把纸条放在首饰盒里，一找就找到了。

但每一次珍娜提到康尼的时候，妈妈的脸上总会流露出奇怪又悲伤的表情，紧锁眉头，眼神凝滞。珍娜害怕那短暂的不快成为永恒，因此总是及时打住话头，不再多问一个字。有电话号码就够了，她知道纸条放在哪里，也不需要用一大堆烦心事打扰妈妈。

珍娜从没想过自己会用到这张纸条。

但十岁那年，她真真切切地产生了拨打电话的冲动。

珍娜展开纸条，握在手里回到自己的房间。她爬上床沿，拿起电话听筒。确定电话没有占线后，她缓慢地逐一按下数字键，每按一下都距离接通更近一步，很快，电话那头将会响起清脆的铃声，然后传来陌生人"喂"的问候。

珍娜赶忙挂掉电话。

趁对方拿起听筒之前，趁对方产生疑问之前，珍娜及时挂掉电话。

第二十一章

"你是不是暗恋萨卡?"

这个问题给了珍娜当头一记闷棍,几乎令她晕眩。她使劲摇晃了几下脑袋,定睛一看,前来兴师问罪的是乌丽卡姐妹团:乌丽卡、卡罗和丽瑟洛特。

"没有啊,怎么了?"

珍娜不知道看谁才好,乌丽卡姐妹团来势汹汹,像面密不透风的墙一样堵在她面前,还是那种厚实的红色砖墙。

三张涂了口红的血盆大嘴。

"上周五你不是想请他跳舞的吗?"丽瑟洛特问,"我记得我看见了。"

"我也记得我看见了。"卡罗在一旁附和。

"是吗,可我根本没请过他跳舞。"

珍娜在第一时间矢口否认,对自己下意识的迅速反应暗暗吃惊。她装作漫不经心地翻阅课本,掩饰慌张和不安。

"照你的说法,根本不是这么一回事咯,"乌丽卡边说边打量着珍娜,眼珠滴溜溜地直打转,"人嘛,难免都会犯错。"

"嗯,犯错总是难免的。"珍娜为自己的大度感到满意,"怎么突然问这个?"

"咳,纯粹是好奇嘛!"丽瑟洛特干笑了两声,用双手捂住胸口，"没这回事我就放心了！"

"哦，"珍娜耸耸肩，"反正这事不是我做的，现在你们知道了吧。"

"嗯，知道啦！"乌丽卡朝她眨眨眼，"对了，你的脸怎么了？亨克说我撞到你了？"

亨克说乌丽卡撞到珍娜了。

亨克知道珍娜的存在。

亨克和乌丽卡聊到了珍娜。

你撞到珍娜了，亨克是这么说的。

珍娜被撞到了。

珍娜是存在的。

"别担心，没什么事。"珍娜说。

"那就好。"乌丽卡说。

她先朝卡罗点点头，再朝丽瑟洛特点点头，然后三个人扭头走了。

"你没和别人说过我暗恋萨卡吧？"苏珊娜刚下钢琴课，就被珍娜好一顿盘问。

"我当然没说过！"

苏珊娜猛然停下脚步，推了推眼镜，一页作业纸从文件夹里滑落出来。

"你究竟是怎么想的？"她激动地嚷嚷，"我怎么可能做这种事？！"

珍娜耸耸肩。她当然知道苏珊娜绝对不会把她们之间的秘密说出去。苏珊娜从没做过这种事，以后也不会做。绝对不可能。可珍娜非要忍不住刺探一下，激怒苏珊娜。她也不清楚自己为什么要这样，她真的不清楚。

"我就是觉得这事有点蹊跷，"珍娜试图替自己辩解，"就因为我往萨卡那边走，她们就说我暗恋他。"

"看都能看得出来好吗！你做得也太明显了！我真的什么都没说，你知道的，我都不认识她们。"

苏珊娜从地板上捡起作业纸，它不巧落在一摊水渍旁边，纸边蹭湿了一块。

"我看见你和丽瑟洛特说话来着，"珍娜咄咄逼人，"放最后一首歌的时候。"

"可能吧，那也是她主动走过来问我要口香糖的，然后我们才聊了两句。再说这事也怪你，谁让你把我一个人丢在那儿的？"

苏珊娜是真的生气了，她右手抖得哗哗直响，试图甩干纸边的水痕。

"你的意思是让我一个人干坐着咯？"她气急败坏地嚷嚷，"然后你可以跑来跑去满场飞？珍娜，你脑子是不是进水了？"

"你脑子才进水了呢。"珍娜也气鼓鼓的。

苏珊娜瞪着珍娜，珍娜也瞪着苏珊娜。她们之间的感情已经不再温暖如初，或许这样的不睦已经产生许久，只是双方不愿面对而已？到底发生了什么？两个人的情谊会无缘无故地消失吗？珍娜确实察觉到，苏珊娜近些天变得易怒而乏味，甚至让人难以接近。或许她们应该分手。

分手？朋友之间也能说分手吗？

应该可以吧。可是分手之后，她又能和谁在一起呢？

没有人。

现实如此。她只有苏珊娜。这就是现实。

"对不起，我知道你没说过那样的话。"珍娜最后还是让了步。

　　苏珊娜点点头，气还没完全消。

　　"对了，斯蒂方向你问好。"她说完，将作业纸揉成一团，扔进一旁的废纸篓，头也不回地走了。

第二十二章

妈妈站不起来了。

珍娜和妈妈去玛瑞塔家做客。四个孩子都不在家，玛瑞塔的丈夫乌维在厨房里洗洗刷刷，不去打扰女士们的聚会。

妈妈、玛瑞塔和珍娜坐在沙发里边喝咖啡边聊天，玛瑞塔家的沙发是那种高扶手的低矮绵软的沙发，威尔松家的沙发则完全根据病患的需要设计，几只硬邦邦的木块拼凑在一起，便于妈妈起坐。

大多数家庭都不用从康复中心搬木块回家充当沙发吧。

可现在，妈妈站不起来了。

"我的老天，真要命。"妈妈说着说着几乎笑出声来。

她又试了一次，还是不行。她将上身大幅度前后摇晃，希望借助惯性弹起来，沙发一阵嘎吱嘎吱的响动，妈妈仍旧陷在里面纹丝不动。

玛瑞塔喊乌维过来帮忙。珍娜的心怦怦直跳，难为情地让到一旁，往后退了几步。

"咳，这沙发有点矮，"妈妈拉住乌维的胳膊，用不疼的那条腿撑住地板。"我们家都改成木块了，床和沙发都是的……唉，我还是使不上力啊。"

"没事没事，"乌维试着安慰她，"我们再想想别的办法。"

他扭头望着玛瑞塔。玛瑞塔的眼眶里噙满眼泪，乌维对她报以鼓励的目光。

"我们试着抬抬看？"他建议，"玛瑞塔，我们一人一边？"

"千万当心点！"

"那肯定，我会当心的！"

"别紧张，我可以的，"妈妈试图平复他们的情绪，"我会配合的，就是要麻烦你们……"

珍娜看见妈妈的假发下渗出豆大的汗珠。

"我们怎么抬？"玛瑞塔问。

她安慰地拍了拍妈妈的脸颊，将妈妈的胳膊架在自己肩膀上，努力往上提。乌维在另一边架着妈妈。

"就这样，丽芙。"他指挥道，"来，玛瑞塔，你那边加把劲，一起往上抬，一，二，三……"

数到第四下依然毫无动静，到第五下时稍稍有了起色，到第六下又摔了回去。

失败了。

"唉，"妈妈沮丧地说，"看来还是不行，真要命……"

珍娜感觉糟透了。她胃里阵阵作呕，恨不得立刻逃离这里。

可她不能。

这都什么事！

"我从后面顶住你，玛瑞塔在前面拉，"乌维提议，"这样效果应该好一些。"

妈妈顺从地点点头，怎样都好，怎样都行。

九分钟又三十五秒，妈妈终于从沙发里挣扎出来。珍娜觉得仿佛过了一个世纪那么久。妈妈像是一个刚刚爬出游泳池的小女孩，瑟瑟发抖地站在地板上，等着别人递来一条温暖的毛巾。

"这回行了！"乌维高兴地说。

"总算成功了！"玛瑞塔松了口气。

妈妈露出苍白的笑容，她满头大汗，呼吸急促，有些难为情地将头扭向一边。玛瑞塔轻轻摩挲妈妈的背部，帮助她镇定下来。

"专车应该到了，"妈妈看着窗外，从短促的呼吸间艰难地挤出几个字，"珍娜？"

珍娜点点头，刻意避开妈妈的目光。

"多谢你们的款待，"妈妈说着，特意握了握乌维的手，"还赚了个戏剧性的结尾，是吧？"

面对这样的尴尬，除了嬉笑，除了自嘲，除了打趣，还能怎样？

"哎，真希望你在沙发里多困一会儿，咱俩就有理由多聊几句。"玛瑞塔开玩笑说。

"这主意不错，听你这么说，我恨不得现在就一屁股再坐回去！"

乌维笑了，玛瑞塔笑了，妈妈笑着说拜拜，多谢了，我们再联系，改天见！

珍娜没笑。

你们这些大人假不假？

这一点也不好笑。

第二十三章

珍娜和斯蒂方之间确实没发生什么。

尽管什么都没发生，但似乎总存在点什么，至少珍娜在超市碰到他的时候，心里不免觉得怪怪的。

"真巧啊。"斯蒂方主动打了个招呼。

他的胳膊下夹了一袋薯片，珍娜拎着购物篮，里面装满了食品。

"你好。"珍娜真想躲进陈列番茄酱的货架里，反正她的脸色在里面还挺协调。

"最近怎么样？"斯蒂方问。

"挺好的，多谢。"珍娜答道，"你呢？"

"蛮好蛮好。"

斯蒂方拽了拽往下滑的薯片。

"你今天晚上有什么安排吗？"他问。

珍娜刚要回答说，没什么安排，应该和妈妈在家待着吧（当然她也许不会加后半句），斯蒂方已经抢了先：

"那个，你还记得上周末吧？"

"嗯。"珍娜模糊地应了一声，她当然记得清清楚楚，只是不想表现出来。

"那个，真对不起。就是关于啤酒的事。后来你有不舒服之类的吗？我那么做真是蠢透了。"

斯蒂方语速很快，神情紧张。珍娜的心情倒是平复下来，她从货架上拿了一瓶番茄酱放进购物篮。

"我没事。"她努力挤出一个灿烂的微笑。

"我脑子肯定是进水了！"斯蒂方还在自责，"爸爸要是知道了绝饶不过我。"

"真没事，没那么严重。"珍娜又说了一遍。

薯片在斯蒂方的胳膊下发出咔嚓咔嚓的声响，他笨手笨脚地调整姿势，怎么看怎么滑稽。

"哎，那我先走了，"斯蒂方最后说道，"下次见面再聊啊。你有好一阵子没来家里玩了吧？"

珍娜没有吭声，她也不记得好一阵子到底是多久。在学校的时候，她和苏珊娜总是形影不离，但她的确不怎么跟苏珊娜回家了。她以前常常去，苏珊娜的家温馨甜蜜，苏珊娜的父母也很和蔼可亲。

和蔼可亲的爸爸。和蔼可亲的妈妈。

他们总是热情地邀请珍娜留下吃饭，苏珊娜的妈妈特意将餐桌布置一新，苏珊娜身为厨师的爸爸总是精心烹制一大桌美食。吃饱喝足后，大家会坐在一起，随心所欲地畅聊许久。珍娜被围在中间，完全就是家庭中的一分子。

但这些都是过去式了。

不久前开始，苏珊娜的父母打量珍娜的目光多了些欲言又止的意味。珍娜能察觉到他们想要打听些什么，但不敢直说。气氛因此变得凝重，苏珊娜的父母在沉默之余，还有些怜悯和同情。

珍娜容忍不了这种态度，她也无法接受苏珊娜的解释。她宁可别人直接问个明白，也不愿承受猜测和质疑的眼光。

他们完全是好心，珍娜，他们真的是好心！我们全家都是!

珍娜知道。可是心里过不去那个坎。

"改天见。"斯蒂方说。

"没问题。"珍娜答道。

第二十四章

扩散了。

一直以来，珍娜都以为妈妈和她的病情都会好转：头发会再长出来，皱纹会消失，病灶会根除，一切会重新步入正轨。

一直以来，珍娜都这么想，都是这么深信不疑，可是她再也不能这么以为了。

癌症让所有美好设想戛然而止。

癌症粉碎了所有憧憬。

它扩散了。

该死。

它还是扩散了。

第二十五章

　　珍娜和妈妈的公寓里如今多了一辆助步车。

　　"很不错嘛！"外婆一边啧啧称赞，一边握住扶手试着走了几步。

　　"可不是吗？"妈妈的声音从沙发那边传来。

　　外婆和妈妈还在你一言我一语地讨论，珍娜放了学，刚刚走进家门，完全一头雾水。

　　助步车。

　　养狗阿姨也有一辆助步车。可是养狗阿姨已经很老了，妈妈又不老。

　　"出门买东西的话，比如去街角那家便利店之类的，可以把东西都放在这里面。"外婆拍了拍固定在助步车前的篮子。

　　"嗯，这样一来就方便多了。"话虽这么说，可妈妈已经很久没有独立出门买过东西了。

　　这些事都是珍娜来做的。

　　"的确要比拐杖强。"外婆说。

　　"对，方便多了。"

　　"珍娜，你不来试试吗？"

　　外婆望着珍娜，一头红发闪耀着熠熠的亮泽。因为讨厌不时冒出的灰色额发，外婆刚刚染过头发，她可不愿意看着显老。

珍娜的妈妈需要依赖助步车。

珍娜的外婆不愿意看着显老。

"不用了。"珍娜答道。

外婆朝珍娜眨眨眼，她希望珍娜能表现出积极的态度，至少坦然接受这一切。

尽管她自己也无法做到坦然。

珍娜只好走过去，双手握住两侧的扶手，向前挪了几步。车轮在地板上发出嘎吱嘎吱的摩擦声。

"还蛮好用的。"她嘟囔了一句。

不然呢，对一辆助步车还能有什么要求？

"还蛮好用的。"这是珍娜唯一的评价。

这时，走廊里传来砰的关门声，把她吓了一跳。

"嚯嚯！"那是外公爽朗的招呼声。

"嚯嚯！"外婆和妈妈热情地予以回应。

"圣诞老人来啦！"外公一边和大家开玩笑，一边丁零当啷地将外套挂进衣帽间。

"我们是乖孩子！"妈妈也跟着开起玩笑来。外公走进客厅，在妈妈脸颊上亲了一下。

"哦，就是它啊。"外公凑近助步车端详起来，"是今天到的吗？"

妈妈点点头。外公握住扶手绕着客厅走了一圈，地板上一阵嘎吱嘎吱。珍娜坐在沙发上，用大腿压紧双手，克制住想要捂住耳朵的冲动。

"这玩意儿还蛮实用的嘛。"外公说。

"相当实用啊，"外婆连声附和，"我刚才就说，它可比拐杖强多了。"

"那是，那是。"外公光顾着往前走，差点撞上书架。

"小心！"外婆喊起来。

"你要不要坐到篮子里来，娜娜，去外面兜一圈？"

外公露出孩子般的笑容，唰一声将助步车横在珍娜面前，那姿态仿佛推的是辆自行车，她只需要爬上后座就行。

有没有搞错，我都多大啦？珍娜真想大声抗议，但她没有，她知道自己必须忍耐，必须克制。

"这篮子也不够她坐吧。"妈妈提出了反对。

外公大笑起来，将助步车停在电视机前，然后挨着珍娜坐下，怜爱地摸了摸她的头发。

"是啊，你长大啦，娜娜。"外公说，"都该交男朋友了吧？"

讨厌的外公。

讨厌的助步车。

珍娜没搭话，一声不吭地站起身，将助步车推进衣帽间，外套发出窸窸窣窣的动静，其间夹杂着钥匙碰撞的乒乓声。

珍娜折返回客厅，三双惊诧的目光齐刷刷向她投来。

"它挡住电视了。"珍娜平静地说。

公寓里添了不少新东西。

助步车最后还是放在了妈妈的床边。外公搬进来一张新的单人床，以备外婆需要长期陪夜。浴室的梳妆台上多了一支外婆的牙刷，衣柜里也挂上了她的睡衣。

珍娜对此无能为力。

第二十六章

珍娜正要出门。

早上有一场重要的历史考试，她由于赶时间，推门出去的时候完全心不在焉。只听见咚的一声，门板结结实实撞上后面站着的人。

"该死！"对方骂骂咧咧。

被撞的正是摩登妈妈。她一只手捂住脸，另一只手握住啤酒瓶。浑身散发出熏人的酒气。

"该死！"她还在骂骂咧咧，两条腿哆哆嗦嗦地有些站不稳，紧身裤袜上印着一个夸张的图案。

"哎呀，对不起！"珍娜赶紧关上门，生怕吵醒了还在睡觉的妈妈。

"当心点！"摩登妈妈嘟嘟囔囔，眼里布满了血丝，顶着一头黏腻腻乱糟糟的头发。

酒鬼一个。说的就是乌丽卡的摩登妈妈。

活该。珍娜有些幸灾乐祸。

巫婆乌丽卡活该有个酒鬼摩登妈妈。

"糟糕，"摩登妈妈发现皮夹克的袖子勾住了威尔松家的门把手，惊慌失措地嚷嚷起来，"我的袖子勾勾勾住了！"

"拿下来就好了。"珍娜只好负责到底。

袖子终于脱开门把手的那一刻，摩登妈妈的身体剧烈地摇晃了几下。珍娜满以为她会摔倒，但摩登妈妈艰难地保持住平衡，皱紧眉头挺直了脊背。

"多谢帮忙。"她说，"我忘了，你叫什么来着？"

"珍娜。"

"珍娜，对。珍娜，你就是唯一！珍娜，你是我的希望！"

珍娜刚想说，摩登妈妈唱的这首歌，歌词应该是乔安娜，你就是我的唯一！乔安娜，你是我的希望！但她终究没吭声，说不说反正都一样。

"哎，"摩登妈妈含混不清地问，"你和我家乌丽卡同一个班吧？"

"嗯。"珍娜答道。

摩登妈妈摇摇头，竖起食指，指了指太阳穴的位置。

"脑子笨呐！"她说，"她脑子可真够笨的！"

"乌丽卡？"

脑子笨呐。妈妈永远不会这么形容珍娜，外公外婆就更不会了。这几个字掷地有声地回荡在楼道里，珍娜不知道萨卡听见没有，还有乌丽卡。

"没错，说的就是她。"摩登妈妈加重了语气，拼命眨着眼试图消除醉意，"她的脑子，笨啊！成天就知道抽烟喝酒，开派对，聊八卦……真该死……"

摩登妈妈身体往前倾去，看那架势似乎要抱住珍娜。珍娜连忙退后几步。

"我得走了。"她看了看手表，又看了看摩登妈妈。

摩登妈妈点点头，在珍娜背上鼓励地拍了一下。然后一摇一晃地走下楼梯，高跟鞋踩出踢踢踏踏的声响，渐渐消失在楼道里。

"她真够恶心的。"珍娜利用午餐的机会和苏珊娜咬耳朵。

"是吗？"

苏珊娜往嘴里丢了块炸鱼条，有滋有味地咀嚼起来。

"就是啊，大早上的！乌丽卡的脸都没处搁。"

"真的！你说这事大家都知道吗？"

"我不清楚。有人告诉她就好了，省得她成天造谣别人的八卦，什么我暗恋萨卡之类的……"

苏珊娜点点头。

"可怎么告诉她呢？"她问。

珍娜耸耸肩。她也就是说着玩玩的，不能当真。

"哎，那不是萨卡嘛！"苏珊娜边说，边举起叉子指了指。

"别指！"珍娜往里缩了缩，耷拉下的刘海遮住了眼睛。

萨卡。她鼓起勇气想要邀请共舞的萨卡，她抱憾失之交臂的萨卡。自从蹦迪之后他们就再没见过面，楼道，走廊，自行车棚，哪里都没碰到过。

萨卡。她喜欢的萨卡。

不对。

她迷恋到发狂的萨卡。

"你这是干吗？"苏珊娜皱起鼻子，不解地打量着珍娜低头含胸的姿态。

"躲起来。"

"可我还是看得见你啊。"

"嘘！别乱看！"

"都说了，我还是看得见你啊。"

苏珊娜叹了口气，摇摇头，喝完了杯中的牛奶。珍娜偷偷瞄向萨卡那桌，除了尼克，托伯，还有珍娜总记不住名字的那个。他们刚刚端着托盘坐下来，九年级的好多男生都聚在那个区域，包括乌丽卡的男朋友亨克。

"你做得也太明显了。"苏珊娜毫不留情地指出。

"可是你看啊，"珍娜掩饰不住激动，"他是不是帅呆了？"

苏珊娜耸耸肩。

"我觉得尼克更帅。"她说。

"哎，你仔细看！蓝色兜帽衬得他头发多黑啊……天哪，真是黑亮黑亮的，看见没？你说有几个人能有这么黑的头发？"

"这有什么奇怪的。他本来就是外国人嘛，头发自然是黑的。黑皮。"

"你说什么？"

珍娜浑身一凛。

"你说什么？"她重复了一遍。

"哎，别生气啊，"苏珊娜用手挡在面前，做出防御的姿态，"我又没有恶意咯。"

"那也不该这么说。"

苏珊娜耸耸肩。

"我爸就这么说，"她满不在乎，"说习惯了嘛。"

"反正说黑皮就是不对！"珍娜语气急促起来，"萨卡是塞尔维亚人！这出身有什么问题吗？"

"我可没这么说过。"

"可你就是这个意思！"

珍娜用叉子拨弄着干掉的炸鱼条。

"你也太敏感了。"苏珊娜嘟囔了一句。

"才不是我敏感呢，是你太过分了！你根本不知道他在塞尔维亚经历过什么，战争啦，种族歧视啦，那种生活有多悲惨，你清楚吗？"

"说得就好像你多清楚似的，"苏珊娜也生气了，"你对他的了解也不见得比我多，神气什么？"

"我知道他是塞尔维亚人，我不会说他是黑皮。你呢，你只要见到外国人都说他们是黑皮！"

"因为实在是很多啊，珍娜。我又不知道他们一个个都是哪儿来的。"

"你是嫌他们太多了？"

"你这不是抬杠嘛！我没这么说！"

珍娜愤愤地瞪着苏珊娜。

"像萨卡这样的外国人，永远不嫌多！"她说。

"好了，就当我说错话了行吗？"苏珊娜叹了口气，"反正我还是觉得尼克长得更帅。"

苏珊娜低头看了看托盘，用餐巾纸盖住剩了一半的土豆，将刀叉收拾整齐。

"那你可以采取行动啊，"珍娜说，"就像我对萨卡那样，主动上去和他搭讪，胆子大一点嘛！"

"我这个人比较现实。"苏珊娜冷冰冰地说。

"什么意思？"

"他们那种男生，是不会搭理我们这种女生的，珍娜。"

珍娜沉默了。

"事实就是这样，"苏珊娜继续说道，"走吗？"

苏珊娜话音刚落，餐厅里突然安静下来，继而是一阵叉子敲击玻璃杯口的叮叮当当，萨卡那桌的一个男生站起来，他是亨克的朋友。所有人都停止了咀嚼和交谈，充满好奇地期待着下面的节目。

"各位，"亨克的朋友开了口，"今天，我们的餐厅里迎来了一位小寿星。"

咯咯的笑声从相隔不远的另一桌传来，乌丽卡、卡罗、丽瑟洛特、大安娜、小安娜以及几个八年级的女生都坐在那里。

"讨厌啦！"乌丽卡撒娇地嗔怪道，"不要说啦，托马斯，快给我坐回去！"

"这位小寿星就是七年级C班的乌丽卡，我们最美丽的校花！"那位叫托马斯的男生大声宣布。

起哄的口哨声此起彼伏，大家的目光穿过土豆、炸鱼条和塑料托盘，齐刷刷地投向乌丽卡。万众瞩目的乌丽卡，自带光环的乌丽卡。

"喂，讲真的，不要说了嘛！"乌丽卡想要上前阻止，卡罗伸出胳膊，像只树袋熊一样吊在她脖子上，似乎也想要跟着沾点光。

"当然了，我们的校花也是一位'牙缝美女'。"托马斯还在继续，惹来几个男生怪叫连连，亨克骂了一句，朝托马斯背后重重捶了一拳。

苏珊娜吃吃笑起来。

"活该。"她小声说。

"好啦好啦。"托马斯揉了揉被捶痛的背，"现在我提议，全体起立，为乌丽卡唱生日歌。至于我们的小寿星嘛，"他向乌丽卡眨了眨眼，"你可以坐着，拿出你一贯的女王派头，尽情享受。"

一番话引得全场哄笑，大家陆续站起身，椅子剐蹭过地板，发出嘎吱嘎吱的响动。

祝你生日快乐。

歌声响彻整个餐厅，就连西乌、斯蒂娜和索尼娅，这三位在厨房负责分餐的阿姨都加入了合唱行列。整个过程中，乌丽卡一直摇着头，嘴里念叨着有没有搞错，有没有搞错。这场面尴尬得令人窒息，她也绝不想通过这种方式成为焦点。

珍娜故意唱跑调了好几次，苏珊娜则完全没出声。珍娜瞄了一眼萨卡，该死，萨卡正在卖力地唱着，目光还执着地注视着乌丽卡。

"祝你生日快乐！"唱完最后一句，托马斯扬起右臂，示意大家安静，然后清了清嗓子说："要记住，乌丽卡，十五岁才是法定同意年龄 ①！"

"说晚啦！"有人喊了一句。

"闭嘴！"亨克又朝托马斯捶了一拳。

乌丽卡忽闪着大眼睛，先和卡罗耳语了几句，然后向丽瑟洛特招了招手。大安娜和小安娜伸长了脖子，迫切地想要加入。

"哼，真无聊。"苏珊娜站起身，"但愿我过生日时别这么倒霉。我可不希望听到大合唱的生日歌。"

珍娜跟着站起身，看了看苏珊娜，又看了看乌丽卡，把想说的话硬生生地咽了下去。

她脑海中回忆起苏珊娜得出的结论。

多么伤人的结论。

他们那种男生，是不会搭理我们这种女生的，珍娜。

事实就是这样。

---

① 最低合法性交年龄，又称同意年龄，在刑法中描述人类性行为的同时引用时，其含义为法律上认定一个人具有自由表达意志，独立进行民事活动能力的最低年龄，虽然该名称在法律条文中并不经常出现。其他行为的最低年龄另有单独名称，例如法定结婚年龄和刑事责任年龄。

🌿 第二十七章 🌿

刚一进家门，珍娜就敏锐地觉察到不对，肯定出事了！

她手一松，伊卡的购物袋掉落在地板上，其中一只软绵绵地倾斜下去，碰碎了两只鸡蛋。珍娜顾不上脱鞋，一头冲进妈妈房间。房间里空荡荡的，百叶窗收了上去，床铺叠得整整齐齐，地板一尘不染。

"有人吗？"珍娜呼喊道，"妈妈！你在吗？"

"这儿！"客厅里传来回应，"我们在这儿！"

是外婆。珍娜跑进客厅，外公和外婆靠在各自的沙发里，面色憔悴，显得格外苍老。

"回来啦，娜娜，"外公的声音里少了一贯的调侃，"今天过得还好吧？"

"妈妈呢？"珍娜问。

她环视四周。角落里既没有助步车也没有拐杖，沙发扶手上也没有搭着妈妈的假发。明知现在是十一月，她还是不甘心地向阳台扫了一眼，万一妈妈披了大衣坐在外面呢？

沉默几秒之后——感觉倒像有几分钟那么久——外公突然痛哭失声。外婆叹了口气，安慰地拍了拍他的大腿。

"到底出了什么事？"珍娜的喉头阵阵发紧，几乎发不出声音。

"到底出了什么事？"

珍娜不知道这是自己的追问，还是问题本身的回响，抑或，这只是她脑海里的呐喊。

"没你想得那么严重。"外婆说着，站起身。

外公低着头不断地抽泣。珍娜有些于心不忍，冷静克制的外公，风趣幽默的外公，如今只剩下颤抖的背影。

"我们去厨房说吧，"外婆提议，"让外公一个人静静。"

可是到底出了什么事？

"就是，妈妈摔倒了。"

外婆拉过珍娜的手，轻轻拍了拍，珍娜反感地抽了回去。

"是这样的，"外婆试着解释，"我落下了不少工作，所以请外公过来帮忙照看……"

外婆清了清嗓子，眼睛里亮闪闪的，但忍住没有哭出来。外婆从不肯轻易落泪，按照她的说法，不应该在别人面前表现出自己的脆弱。

珍娜哭了，在她还没有反应过来的时候，眼泪已经像断了线的珠子啪嗒啪嗒掉了下来。

"当时呢，"外婆继续说道，"外公正好去楼下洗衣房了，妈妈想要去外面弄个东西，其实也不是什么要紧的事，但你知道，她就是这么个固执的人嘛，又要强……咳，反正没弄好，她就……摔倒在外面了……伤得还不轻，就是那条腿嘛，老是疼的那条腿，你知道的，特别敏感。她只好躺在外面地上喊人，可外公听不见嘛，洗衣房里轰隆轰隆的。还好后来来了个女孩，看着挺年轻的，就住同一幢楼，你应该认识，"外婆朝楼上努了努嘴，"她扶着妈妈坐起来，然后陪着她等外公回来，给医院打了电话。医生一看妈妈的情况就把她留下了，说她这阶段状态很不好，你肯定注意到了吧？"

没有，珍娜完全没有注意到。

珍娜已经学会了忽略和屏蔽。

"所以她现在还在医院呢，腿的问题倒是不严重，比较麻烦的在于……其他方面。她精神很差，整个人特别疲倦。"

"她不是一直都这样嘛，"珍娜流着眼泪说，"有什么大惊小怪的，她从来都很疲倦，只要多睡觉多休息就会好的！"

"是啊是啊。"

外婆用手摩挲过珍娜的头发，被珍娜躲开了。

外婆讪讪地抽回手，放在膝盖上。手腕上的金链跟着垂了下来。

"对了，那个女孩向你问好，"她补充道，"她叫什么来着，玛瑞卡，乌丽卡，还是乌拉之类的。"

第二十八章

该死该死真该死。

回到自己房间后，珍娜泪如雨下。她站在镜子前，脱掉衣服，审视自己的胸部。它们微微隆起，较之上一次的面团状态有所发酵。可这有什么意义？

这到底有什么意义？

"都怪你！"珍娜抽抽噎噎地自责，"都是你的错！"

她在房间里转了一圈又一圈，任由眼泪奔涌而出。她用枕头紧紧压住肚子，拼命克制想要呕吐的冲动，最终精疲力尽地倒在地毯上，像只小狗一样将整个身体蜷缩成一团。

妈妈要死了。

不，妈妈不会死的，闭嘴！

还不明白吗，珍娜？你妈妈就要死了！

不！这次她只是摔了一跤，伤到腿而已，所以才进医院的。

以前那么多次怎么解释？她是为什么被送进医院的？无休止地抽血，拍片，化疗，你怎么解释？她不只是腿的问题，珍娜。她的病情恶化了，你不会不知道的。

不！

你没注意到吗？你没发现吗？她的病情加重了，珍娜，短短一段时间内越发糟糕，她要死了。

不！妈妈不会的！我妈妈不会死的，她不能死，我不要她死！

你不能逃避现实，珍娜。

珍娜倒在地毯上，墙上贴着肯特乐团的海报和课程表，天花板上是一颗颗的夜光星星，其中一颗后面藏着一首诗。

一句承诺。

妈妈，如果你死了，我就结束自己的生命。

她哭了，但她知道自己必须忍耐，必须坚强。妈妈现在很虚弱，所以她必须更加坚强。挺直脊背，调整呼吸，迫使自己往前看。

她必须这么做。

第二十九章

外婆在妈妈的房间里换上自己的床单。

"差不多啦，"她将枕头拍得又松又软，"这样睡着应该
舒服多了。"

外公搬来的那张单人床根本没动，外婆要睡的是妈妈
的床。

珍娜抱着换下来的床单，将脑袋埋进去，深吸一口气，
床单的每一根纤维都散发出妈妈的香气。珍娜抬起头，睁
开眼睛，扑面而来的是属于外婆的一切。

难看死了。

珍娜皱起眉头，打量着映着玫红色碎花图案的陌生床单，
想不通外婆为何要坚持留在这里。需要帮助的人是妈妈，又
不是珍娜。老天，她又不是小孩子了，生活完全可以自理!

你会扫地吗，珍娜?

会，我会。我一直帮妈妈扫地。

那你会洗衣服吗?

当然会。你以为这一年来，家里的所有衣服都是谁
洗的?

那买菜呢? 还有买菜的钱从哪儿来?

我们有伊卡的充值卡，你应该听说过吧。

那吃饭怎么办? 你会做菜吗?

简单的家常菜我都会做。煎一煎，煮一煮之类的，我还会炖汤。妈妈喜欢喝汤，她能吃得下的也只有汤了。

还有各种账单，珍娜。总得有人付账才行。

我会付的。

铺床呢？

拜托，这还用问。

扔垃圾呢？浇花呢？

这些事又不难。我都写在纸条上，这样就不会忘了。

珍娜。你今年到底多大？

十三岁，他们说的。可我不信。

珍娜并没有将带有妈妈气息的床单扔进洗衣篮，而是趁外婆没注意，把它揉成一团，塞进自己房间的衣橱里。

"家里都还好吧？"

电话里，妈妈的声音听起来格外遥远，透着疲惫，沉重和担心。

"嗯，"珍娜答道，"还行吧。"

"外婆有没有给你立规矩？比如罚你擦窗户什么的？"

珍娜笑起来。她将听筒紧紧贴住耳朵，想要和妈妈靠得更近。

"暂时还没。"她老老实实地答道。

"那现在他们在干吗？"

"估计在看电视。我也不清楚，我在自己房间呢。"

"你一个人吗？"

"嗯。"

珍娜的确是一个人。珍娜太渴望一个人了，她受不了和外公外婆坐在一起，若无其事地谈天说地，她受不了在家待着，可也没有勇气出门。她什么都做不了。

我需要你！珍娜恨不得在电话里喊出声来，这样的日子我一天都过不下去了！

"你什么时候回家？"珍娜压抑住所有强烈的情绪，故作平静地问。

不然还能怎么办。

总不能惹妈妈伤心吧。

"我还不知道呢。"妈妈答道。

她们彼此陷入沉默，珍娜听见电话那头传来开门声，护士用温柔的声音询问是否一切正常（不！才不正常！），妈妈还有什么需要？妈妈道了谢，说目前一切正常，她只想喝点水。

护士答应倒水过来。倒水一直是珍娜的任务，她会用玻璃杯装上大半杯清水，再加进心形的冰块。

"这样啊，那你每天都做什么？"珍娜换了个话题，立刻意识到这是她能提出的最蠢的问题了。

妈妈躺在医院里，由于摔伤了腿导致行动不便，加上成天精神不振昏昏欲睡。她还能做什么？

"能做的也不多，"妈妈诚实地答道，"我都抱着拉格纳睡。它很想你。"

珍娜难过地闭上眼睛。

拉格纳。那是珍娜从记事起就拥有的毛绒小熊。后来珍娜长大了，房间里的玩具越来越多，她就把拉格纳给了妈妈。拉格纳陪伴妈妈度过每一次就诊，每一次化疗，每一次住院。

妈妈始终相信，拉格纳能带来好运。

"护士们都觉得拉格纳好可爱。"妈妈说着，笑了起来。

珍娜跟着笑了。她还以为笑会是一种释放和解脱，其实不然。相隔电话两头，笑声只会让她们之间的距离越拉越远。

　　"我要挂了，"珍娜说，"喝芦笋汤可别哭。"

　　妈妈住院期间都会喝芦笋汤。珍娜尝过一次，觉得味道和大便差不多。外公打趣说，难不成你尝过大便吗，娜娜？

　　这话真让她哭笑不得。

　　"我会笑着喝完的。"妈妈说。

🌿 第三十章 🌿

"喂。"珍娜刚在自行车棚找到自己的自行车，身后突然响起一个声音。

那是珍娜熟悉的声音。

"喂。"对方又喊了一声。

珍娜转过身，直直地撞上乌丽卡的目光。

"嗯？"珍娜想尽量掩饰自己惊讶的表情，可实在太难了。

乌丽卡不记得接下来上哪门课的时候，她会去问珍娜；乌丽卡不知道有谁多带一支圆珠笔的时候，她会去问珍娜；乌丽卡不确定珍娜是否暗恋萨卡的时候，她会去问珍娜。除此之外，她俩从来没有打过招呼，出了学校也都装作不认识。

珍娜不过是"乌丽卡班里的一个"。

"那个，"乌丽卡说，"今天晚上我家又要举办派对。我想你说不定也愿意来。"

"是吗？"珍娜一时没反应过来，抓了抓脑袋，又摸了摸下巴，不知该如何回答。

"想来就来嘛，"乌丽卡边说边点上一根烟，"九点左右开始。会来好多人呢。"

"这样啊……"珍娜还在犹豫。

"嗯。"乌丽卡朝地上吐了口唾沫，用鞋跟蹭了蹭，"你知道我住哪间的。"

说完她就走了。珍娜开了锁，跨上车座，对刚才发生的一幕仍然有些恍惚。

"哼，这回她又要搞什么鬼？"

苏珊娜霍一下从钢琴前站起来，气鼓鼓地在房间里走来走去，带起阵阵疾风，掀动薄纱窗帘哗哗直响。

"她该不会想故意让你出丑吧？"苏珊娜继续猜测，"就像上回对蒙古女玛琳那样？"

珍娜没吭声。她正坐在苏珊娜的书桌前，在一张白纸上涂涂写写：萨卡，萨卡，萨卡，我爱你，萨卡。

"她们确实对蒙古女玛琳恶搞过一回。"苏珊娜强调了一遍。

蒙古女玛琳同苏珊娜和珍娜打小就认识，可彼此从没说过一句话。不止是对她们，蒙古女玛琳就没搭理过谁。她上课总是一个人坐，吃饭时就挑餐厅里的空桌子，课间休息也都是独来独往。珍娜甚至不知道她家住哪。珍娜偶尔也会同情蒙古女玛琳，但绝大多数时候，对于这么一个比自己还不起眼的存在，她更多的是庆幸。

"那是什么时候的事？"珍娜问，"蒙古女玛琳什么时候参加过派对？"

"具体什么时候不好说，"苏珊娜耸耸肩，"几年前吧，我也不清楚的，我都是听说的。"

"这样啊，我怎么没听说过……"

"不管啦，你晚上要去吗？"

珍娜能感到苏珊娜投来失望的目光。

"我还不知道呢。"她说。

"你还在考虑啊？"

"没有啦，我也说不好。"

"珍娜，我们说的可是乌丽卡！巫婆乌丽卡！你居然考虑参加她的派对！"

苏珊娜懊恼地趴在桌上，歪过脑袋看珍娜在写什么。

"怎么了，难道他今晚也要去？"苏珊娜好容易认出纸上的涂鸦，饶有兴趣地问。

"不知道，可能吧。"

珍娜放下笔，将纸揉成一团丢进废纸篓。废纸篓上印着几匹马。苏珊娜的房间里到处都是马的照片：墙壁上，抽屉上，鼠标垫上，书本封面上，能贴的地方都贴满了，似乎随时会响起马的嘶鸣。

从前，珍娜的房间也差不多。

现在完全不一样了。

"他们可是要喝酒的，珍娜。"苏珊娜说，"喝很多很多的酒。去的话，你可要有心理准备。"

苏珊娜走到镜子前，开始挤脸上的痘痘。珍娜静静地注视着，她一向都觉得苏珊娜长得很甜，属于那种矮矮的、甜甜的女孩，而不是身材瘦高、相貌怪异的类型。

"他们和斯蒂方的那帮朋友不一样，"苏珊娜继续说，"不是一两杯啤酒就算了。而是几箱几箱地往下灌。"

"又不是非喝不可。"

"你肯定会吐的。"

苏珊娜依次扣上衬衫扣子，想了想又解开领口的一粒。

"巫婆乌丽卡。"她冲着镜子说。

苏珊娜突然想到了什么，兴奋地转过身来。

"我们能再玩一次上回的游戏吗？"她提议，"挤胸那个，你记得吗，就是你在镜子前扮演乌丽卡那回？”

苏珊娜兴奋地搓搓手，满脸期待地望着珍娜，可珍娜只是摇了摇头：

“不，我不想玩。”

苏珊娜仍不死心，她用双手将自己的胸部聚拢在一起，在衬衫开口处形成一道浅浅的乳沟。

“来嘛，”她说，“来嘛，珍娜！巫婆乌丽卡！”苏珊娜央求道，“巫婆乌丽卡！实在是太搞笑了，你能再演一遍吗？哎，我们应该去你家的，把你妈妈的义乳戴上，效果就更好了！”

妈妈的义乳，我们能不要拿妈妈的义乳开玩笑吗？！

当时的做法实在太蠢了。现在说起来显得更蠢。

苏珊娜在镜子前蹦蹦跳跳，转来转去，一副兴高采烈的模样。珍娜想要加入，真的很想要加入，可她做不到。

“算了，苏珊娜，”她说，“我不想玩。挺没劲的。”

苏珊娜停止了动作，噘起嘴巴，一脸失望的表情。她并没有真的生气，只是想借机哄珍娜过来说点好话，抱一抱之类的。珍娜也知道苏珊娜的小心思，可实在没有心情敷衍。

气氛顿时尴尬起来。厨房里传来阵阵笑声，苏珊娜的爸爸妈妈正在玩骨牌。珍娜想起，自己家里的骨牌游戏好像缺了只骰子。

她铺开一张新的纸。

“其实按照古瑞典语来说，”她试图转移话题，“你的名字应该写成苏桑娜[①]。”

---

① 后文中出现的苏桑娜，即为珍娜对苏珊娜改名建议的沿用，与苏珊娜是同一人。

苏珊娜扣上领口的扣子，一步步挪过来。

"苏桑娜？"她问。

"对啊，苏桑，苏桑妮，苏桑娜！"

珍娜在纸上演示起来。苏桑娜这名字看起来陌生又古怪。苏珊娜咧嘴一笑，陷入沉思。

"真的能这么叫吗？"

"当然。而且很酷啊。不是流行的酷，而是复古的，文艺的酷！"

珍娜将钢笔塞在苏珊娜手里，鼓励她在纸上写下一个又一个苏桑娜的新签名。

"看着确实还不错。"苏珊娜说。

"那当然。酷毙了！"

"嗯，显得挺有档次的。"

"没错。"

尽管苏珊娜内心并不在乎酷不酷之类的问题，她还是认认真真地套好笔帽，将墨迹未干的签名纸钉在墙上的海报栏里。

她们静静坐了一会儿，打量着苏桑娜的新签名。

"你要不要一起来？"最后，珍娜还是忍不住问了出来，她指的当然是巫婆乌丽卡今晚的派对。

珍娜用手拨了拨苏桑娜的头发，好软。

"不要，"苏桑娜摇了摇头，甩掉珍娜的手指，"我要去骑马，你自己去吧。"

第三十一章

一个人的脑子到底可以笨到什么程度。

珍娜显然不该参加那场乱七八糟的派对。正如苏桑娜所说，乌丽卡邀请珍娜的目的显然只在消遣，或许她要利用萨卡刺激珍娜，或许她想出了别的损招，或许，她会再次使出对付蒙古女玛琳的伎俩。

这一切太不真实了。

这一切显然太不真实了！

珍娜坐在自己的房间里，墙上的时针指向九点，正是派对开始的时间，而珍娜也在被邀请之列。事实就是这么简单，可她无论如何都无法理所当然地接受。

她真的做不到。

不然呢？难道让她就这么一个人上去，按响乌丽卡家的门铃？于是有人过来开门，打声招呼，问一句你是哪位？于是珍娜干咳两声，尴尬地说我是珍娜。于是开门的人也不好多问什么，哦了一声，说那就进来吧。于是珍娜就这样走进客厅，沙发上，窗户前，吧台边，到处都拥满了人，大家用惊诧的目光打量着她，窃窃私语她怎么会出现在这儿。于是高年级的几个男生恍然大悟，说原来是乌丽卡的同班同学啊，怎么从没见到过呢？于是乌丽卡姐妹团中的一员站出来揭晓谜底，说她还以为自己受到邀请了呢，其实我们是和她开玩笑的，哈哈，她还当真了，太可笑了。

果真如此，那一幕画面的确会很可笑。

珍娜调大音量，专注地聆听肯特乐团的主唱约阿基姆·贝里细诉衷肠。这是专辑《伊索拉》里的一首名为747的歌，珍娜已经记不清，它的灵感来源于一场空难还是一次车祸，但她能肯定的是，自己被优美的旋律和细腻的歌词所深深打动。说来有些难为情，但每当前奏响起，珍娜都忍不住泪流满面。

你值得我付出生命，歌里这样唱道。

珍娜从书桌最下面的抽屉里拿出一只带锁的小本子。它其实是一本行事历，在每天的日期下都留出五行空白以便记录。它也是珍娜某年平安夜得到的圣诞礼物，只是因为日历、行事历、日记本之类的圣诞礼物实在太多，这只小本子于是便多了出来。

珍娜于是将它命名为萨卡之书。

珍娜在里面记录下与萨卡有关的一切。比如在餐厅里，萨卡取餐了两次，头发好像是刚洗过的；再比如在走廊里，萨卡和托伯说说笑笑，牛仔裤脚卷得老高；没看见他的日子，珍娜就在空白处画上一滴眼泪，而迎面偶遇或目光相会的时候，珍娜则画上爱心作为纪念。

除了事无巨细的文字和图片记录，小本子里还收藏了一张叠得整整齐齐的剪报。那是一篇关于足球校队的报道，上面写到担任前锋的萨卡极具运动天赋，浑身洋溢着积极向上的青春活力，并且将他誉为球队里一颗熠熠闪耀的新星，以及整场比赛中表现最为杰出的球员。

春季赛期的时候，珍娜曾经拉着苏桑娜一起看过萨卡的几场比赛。她们坐在距离白线几米外的草坪上，说说笑笑地看完全场。萨卡的跑动、断球、回防或射门都会激起珍娜心中的阵阵涟漪，她满心骄傲地鼓掌喝彩，苏桑娜则有些意兴阑珊，满心巴望着比赛早点结束。

珍娜迅速翻了翻本子，里面掉出一张心形的黑白照片，上面是学校年刊 9 年级 A 班合影中的萨卡。珍娜花两克朗在图书馆复印了萨卡班级的合影，然后仔细裁剪出心形轮廓的单人照。

太难为情了。

这些小女生心思未免有些可笑。

如果被别人看到了，她肯定羞愧至死。

"珍娜？"门外传来外婆的声音，"珍娜，你要吃点什么吗？"

"不要！"珍娜答道，同时迅速将本子塞回抽屉。

外婆推门走了进来。尽管一整天都待在屋内操持家务，外婆仍然坚持以服装整齐的形象示人：熨烫服帖的衬衫搭配半身裙，妆容精致，不浓不淡。

"你饿了吧？"外婆问。

"还不饿。"瞥见外婆微微皱起的眉头，珍娜赶紧上前关掉音乐。

外婆将房间上上下下打量了一遍，珍娜紧张地观察她的目光，想分辨出那里面究竟是不满还是好奇。但无论怎样，对于外婆进入自己生活的事实，珍娜始终无法接受。

要说房间里有什么突兀的，那就一样——外婆。

"我想出去走走。"珍娜没头没脑地冒出一句，急着往外走，差点和外婆撞个满怀。

"哦哦……"外婆有些不知所措，"要我陪你吗？"

"不用，我应该会去找苏桑娜。"珍娜打开衣帽间，穿上外套，外婆始终像个小尾巴一样跟在她身后。

"那好，那好，赶紧去吧。和她好好玩，总比陪我这个老太婆看电视强。"

珍娜没吭声。

别这么说，你又不老。

虽然心里这么想，她终究没说出口，只是简单道了个别，然后走出家门。留下外婆和她手腕上叮当作响的金链。

"原来你在这儿啊！"

珍娜吓了一跳，她刚在附近兜了一圈，正要进楼道呢，没想到乌丽卡从暗处跳了出来，一把拽住她的外套。

"你应该来参加我的派对嘛！"乌丽卡嚷嚷起来，牙齿上隐约泛出紫色。

"你吓死我了！"珍娜努力使呼吸平静下来。

"不好意思啊，"乌丽卡摇头晃脑地咯咯直笑，"我刚才躲着嘘嘘来着，看见一个人影闪过去，一猜就是你！"

"你在这儿嘘嘘？"珍娜惊讶地环顾四周。

乌丽卡得意地点点头。

"就花坛那边的角落里，"她说，"养狗阿姨家的那只腊肠犬就常在那里撒尿。"

珍娜还没晃过神来，乌丽卡已经亲昵地将手搭在她肩上，长指甲上镶嵌的亮片一闪一闪的。

"那只腊肠犬叫什么名字，"她神秘地说，"你知道吗？"

珍娜毫无头绪。她甚至连养狗阿姨的名字都叫不出来。

"史努比！"乌丽卡扑哧一声笑出来。

"啊？"

"养狗阿姨口齿不清，史努比史努比地叫来叫去，大家还以为是'小赖皮'！我看正好，大赖皮养了只小赖皮！"

乌丽卡笑得前仰后合，不得不伸出手撑住墙壁。

"大赖皮养了只小赖皮！"她边笑边喘。

"好傻！"珍娜跟着笑了两声，算是附和。

"傻透了！这名字起的！哎哟哟，笑掉人大牙……"

乌丽卡做了几个深呼吸，顺手抹去脸上笑出的泪痕，晕开的眼线在眼角积成一个黑点，有那么一瞬间，珍娜犹豫过是否要告诉她，就像卡罗那样，一边说"你这里有点脏"，一边用食指沾点口水轻轻擦掉。但珍娜终究什么都没说，她的手始终插在灯芯绒外套的口袋里。

"我得回去了。"珍娜提出告辞。

乌丽卡着急地直摆手，套在胳膊上的几只银手环发出一串叮叮当当的声响。

"别别别，"她拼命摇头，发尾唰唰地扫过脸颊，"别啊，你应该跟我去参加派对才是。我们这就过去，抽根烟什么的。对了，你抽烟吗？"

"不抽……"

"这样啊，那就喝酒好了。来吧！"

乌丽卡热络地挽住珍娜的胳膊，整个人几乎倚靠在珍娜身上，一摇一晃地上了楼梯。上到自己家的楼层时，珍娜的脑海里一度闪过逃走的念头：挣开乌丽卡的胳膊，卸下所有伪装，回家蒙头睡觉。

但她没有这么做。

她让乌丽卡的派对占了上风。

她让乌丽卡的姐妹团有了戏弄自己的机会。

一踏进门，珍娜差点被震耳欲聋的音乐淹没过去，连呼吸都跟着困难起来。

"鞋子随便放。"乌丽卡边说边踢掉脚上的高跟鞋,"哈哈,这儿的气氛很不错吧。"

各式各样的皮靴,跑鞋和平跟鞋在门厅脏兮兮的地板上堆起了一座小山,珍娜小心地脱下帆布鞋,放在小山顶上。

"快来!"乌丽卡招招手,"来参观一下乌丽卡女王的宫殿!"

乌丽卡拉起珍娜的手,领着她直走进去。乌丽卡家的公寓和珍娜家的面积一样,结构也差不多,但整体感觉完全不同,尤其是现在。

到处都是人,珍娜惊讶于自己熟悉的面孔是如此之少。她看见卡罗和丽瑟洛特在客厅里跳得起劲,角落里用酒瓶盖玩游戏的一群人中,隐约能瞥见约翰的身影,除此之外就都是高年级的学生了。亨克和他的朋友占据了厨房,乌丽卡拽着珍娜大剌剌地走了过去。

"亨克!"乌丽卡将手搭上亨克的肩膀,"请允许我给你们介绍一下我的同班同学,这位是珍娜……"

乌丽卡在空中打了个响指,努力回想名字后面的姓氏。

"威尔松。"珍娜小声补充了一句,略显局促地将手插在口袋里。这时她才尴尬地意识到,自己穿着家居服就出门了。

T恤太旧,裤子也太短。

"嗨!"亨克主动打了声招呼。

他看上去还挺友好的。珍娜也礼貌地回了句。

"嗨!"桌上其他人纷纷和她问好,珍娜于是逐一向大家致意。

"好啦!"乌丽卡不耐烦地抢过话头,"开喝吧!亨克,家里还有红酒吗?"

"冰箱里还有。"

乌丽卡仍然拉着珍娜的手，说也奇怪，珍娜居然由衷地感到安心。乌丽卡的长指甲划过皮肤的尖锐感，乌丽卡的掌心传来的温暖感，仿佛为珍娜穿上一层盔甲，令她有勇气面对周围投来的好奇目光。

"太棒了！"乌丽卡边说边从抽屉里拿出一只开瓶器。

珍娜也分到一只酒杯。乌丽卡娴熟地将螺旋钻一点点旋入软木塞，然后砰一声拔出来。珍娜暗自庆幸乌丽卡没让她开瓶，她根本无从下手。

"为我们的芳邻干杯！"乌丽卡高呼起来，咚的一声碰了碰珍娜的酒杯。

乌丽卡仰起脖子，咕嘟嘟喝了一大口，珍娜小心地抿了抿。她当然也喝过红酒，但那是和妈妈一起，浅尝辄止。不像现在这样，感觉瞬间穿越到成年人的世界。

"味道还不错吧？"乌丽卡舔了舔嘴唇。"就是喝多了牙齿会变紫。我紫了吗？"

"没那么夸张。"珍娜说。

"亨克，我牙齿紫吗？"

乌丽卡转向亨克，亨克扭过头，仔细地端详一番。

"嗯，紫的。"

"我就说嘛。"乌丽卡咯咯笑起来。

"味道还不错啊。"珍娜学着乌丽卡的样子，也咕嘟嘟喝了一大口。

喉咙里一阵舒爽。

"我说，这件 T 恤不错！"乌丽卡透过酒杯打量着珍娜。

她冲珍娜的胸部点点头。珍娜下意识地用手遮住上面印着的哈士奇图案，说不清自己到底在难为情什么。

"挺摇滚的嘛！"乌丽卡补充了一句，听口气似乎不是开玩笑，"来，和其他人打声招呼。"

乌丽卡又拉起珍娜的手，穿过厨房径直走进客厅，一些在摇头晃脑地跳舞，一些横七竖八地倒在沙发上，还有一些三三两两地靠在墙边聊天。乌丽卡将珍娜推到卡罗和丽瑟洛特面前，旁边还有两个八年级的女生，珍娜看着脸熟，可想不起名字。

"喂，"乌丽卡说，"玩得开心吗？"

"开心啊，很酷的派对嘛！"丽瑟洛特边说边吹了个粉红色的泡泡，同时用好奇的眼光上下打量着珍娜。

"珍娜，你们都认识的吧。"乌丽卡握了握珍娜的手。

"嗨。"珍娜端起酒杯，咕嘟嘟又喝了一大口。

"嗨。"丽瑟洛特回了句，卡罗则默默点了点头。

另两个女生做过自我介绍，然后询问珍娜是不是和乌丽卡同班。珍娜点点头，说没错，我和乌丽卡同班，你们呢，你们是八年级的吧？

"嗨！"乌丽卡注意到门口的动静，激动地吹了声口哨，"快请进！"

门厅站着萨卡、托伯、尼克和珍娜记不住名字的那个。乌丽卡走上前去，给了他们一个大大的拥抱。

"居然是你们！"乌丽卡尖叫起来，拼命摇晃萨卡的胳膊，"真没想到你们会来！"

萨卡、托伯、尼克和珍娜记不住名字的那个很快加入卡罗、丽瑟洛特、两个八年级女生和珍娜（！）的团体，四个男生嘻嘻哈哈地相互打趣，不时留意身边女生的反应，类似刚才的笑话好不好玩的问题，连珍娜都被问过好几次。

"觉不觉得她的 T 恤很不错？"乌丽卡突然指着珍娜的

哈士奇 T 恤，没头没脑来了一句。

"很酷啊。"尼克说。

"有点摇滚的意思。"卡罗赶紧把乌丽卡刚才的评价重复了一遍。

"多谢。"珍娜几乎听不见自己的声音，慌忙用酒杯遮住自己涨红的脸。

"我们跳舞吧！"乌丽卡提议。

她一手拉着卡罗，一手拉着珍娜，摇摇晃晃地踩上地板。

尽管其实不会跳舞，珍娜仍然努力跟上节奏。她喝酒，她大笑，她和乌丽卡推来搡去，她甚至开始好奇捉弄自己的把戏究竟何时开始，要到什么时候，大家才会意识到，她根本不属于这个圈子。

然而是她想多了。确切说，所谓的恶搞根本是子虚乌有的事。周围所有人都在笑，从头到尾，笑完全场。

"要去外面吗？"

萨卡凝视着珍娜。萨卡。眼圈因为微醺而稍稍泛红的萨卡，他似乎费了好大劲才将目光聚焦在珍娜身上。

"那个，我有点尿急。"见珍娜有些犹豫，萨卡解释道，"排队上厕所的人太多了。你要跟我出去吗？"

珍娜不知该如何回答，仿佛被施了魔法似的点了点头，跟着他走到门厅。

他们没能在鞋堆里找到自己的那双，只好将就着先借别人的。珍娜趿拉着一双运动鞋，跟着萨卡跑了出来。

"等我一下。"萨卡在大家遛狗的花坛前停住脚步，角落里堆满了周末狂欢留下的垃圾：踩扁的易拉罐，打碎的玻璃瓶，甚至还有扯破的衣服。

萨卡站在墙角前小解，珍娜退开几步，被风一吹，不由也有些尿意。她端起临出门前带出的酒杯，咕嘟嘟又是一大口。乌丽卡一整晚都在给她倒酒，倒了好多次。

好多次是多少次？

珍娜已经完全失去概念。

"哎，"完事的萨卡一身轻松，提议道，"我们去那边的凳子上坐一会儿吧？"

珍娜点点头。此刻她最需要的就是坐下。

"你真漂亮。"萨卡斟酌着合适的形容词。

"没有啦。"珍娜又喝了点酒。

"真的，你真的很漂亮，千真万确。你自己不觉得？"

"不会啊……"

萨卡靠近了些。长凳发出嘎吱嘎吱的响动。萨卡的身体暖暖地贴着珍娜，从肩膀到小腿。天哪，珍娜几乎要把喝下去的酒都吐出来，因为紧张，非常紧张，极度地紧张。

"你不舒服吗？"萨卡微笑着问。

"没，没。"珍娜慌张地将目光迎向萨卡，想要证明自己一切都好。

黑色的头发，耷拉在额前的一绺炭黑色刘海（丝毫不影响他的帅气），绿色的眼睛，点缀在颧骨上的雀斑，笔挺的鼻梁，唇角的绒毛，宽阔厚实的嘴巴。

"你不至于害怕我吧？"萨卡低声呢喃着，靠得越发近了。

"当然不会。"珍娜轻声说。

事实上，她害怕得要命。

没错。

不止是对萨卡，她害怕所有的一切。

"你的头发真软。"萨卡说着，打了个嗝，但这不重要。

他将手指藏进珍娜的头发，轻柔地拉直蜷曲的发梢。

珍娜闭上眼睛，大脑已经完全不能思考。

"你……"萨卡的声音越发魅惑，"你……"

"嗯？"

珍娜的目光再次和萨卡相遇，他们的距离如此之近，萨卡将她拥入怀中，嘴唇贴上她的，舌尖温柔地启开，执着而耐心地探索，引导她的舌头律动，缠绵。他爱抚着她的脸颊，她的头发，她的脊背。他亲吻过她的额头和眼角，又一次回归嘴唇，贪恋那里的温热，就这样不断吻下去，吻下去，吻下去。

二〇〇一年十一月十四日。

珍娜·威尔松正式献出了她的初吻。

第三十二章

"你去**哪儿**了？"

外婆一身老式睡袍，趿着拖鞋，头顶着塑料发卷站在门厅。她的双手垂在两边，嘴角向下撇出阴郁的弧线。

"我去哪儿了？"珍娜摆出一副无所谓的态度，极力想要将喝酒的事遮掩过去，"不是说了嘛，我出去转了一圈。"

"转到凌晨一点半？"外婆狠狠瞪了眼手腕上戴的一只细皮带的手表。

珍娜不由有些担心，外婆眼中的怒气足以震碎脆弱的玻璃表面。

"现在是一点三十五，"外婆纠正道，"你大半夜的出去，一直到凌晨一点三十五才回家？"

珍娜甩掉鞋子，站稳了，没晃；珍娜脱掉外套，搭上挂钩，也站稳了，没晃。外婆一把拽下她的外套，仔细地用衣架重新挂好。珍娜从来不在意这些细节。

"你到底去哪儿了？"外婆刨根问底，顺手拿起刷子掸去外套上的灰尘。

"都说了！我就是在附近转转。有什么好问的！"

"转了将近五个小时？啊？你知道我有多担心吗？躺在床上翻来覆去睡不着，生怕你出事！"

珍娜默不作声。

"还有酒的问题！"外婆的声音越来越大，"这一身酒气的，你是不是喝酒了？"

珍娜没搭话。

"之前楼上一直闹哄哄的，"外婆冲天花板努努嘴，"你是不是去那儿了？"

珍娜仍然没吭声。

"你们是不是在上面喝酒的，珍娜？"

"那又怎么样？"珍娜反问。

"太过分了，我绝对不允许！"

外婆气得直发抖，一只塑料发卷松垮下来，摇摇欲坠地悬在发梢上。

"你这么做实在太过分了！"她继续发飙，"家里出了这么多事，你居然还……没看报纸上成天报道强奸犯、恋童癖、毒品贩子么，天知道会发生什么！"

四周陷入沉默，珍娜漠然地冷眼旁观这一切，外婆突然捂住脸，垂下脑袋，整个人背靠墙壁滑了下去，她蹲在地上，变成渺小的一团。

珍娜感到一阵愧疚。但内心仍有声音嘶吼，在反抗：这么做一点也不过分！我十三岁了！我有享受人生的权利！

但她没有真的呐喊出声。

她什么都没说。

她静静地注视着外婆蜷缩着的身影，门厅的暗影中，塑料发卷的轮廓显得格外滑稽。

"所以你去咯？"星期天一大早，苏桑娜就打电话来确认。

她的声音中透着失望，在电话中听来格外明显。

"嗯。"珍娜咬着指甲，含混地应了一声，"我去啦，反

132

正也没其他事好做。你不是去骑马了嘛。"

"哎，是啊。"

利用苏桑娜沉默的间隙，珍娜捕捉到电话那头隐约的古典乐声，莫扎特，巴赫，肖邦或是别的什么。珍娜对此毫无概念，苏桑娜却能说得头头是道。

"那，派对好玩吗？"苏桑娜这话问得可怜兮兮，听得珍娜一阵阵揪心。

"凑合吧，"她简短地答道，"你要是在就好了，说不定还有点意思。"

"那肯定。"苏桑娜的语气明显轻松了不少。

"我在想我们晚上要不要出来见个面……"没等珍娜把话说完，房间外突然传来咚咚的敲门声。

是外婆。珍娜还来不及说一句"请进"，外婆已经将脑袋探了进来。

"珍娜，"她刚开口，猛然看见珍娜耳边的电话。

"嗯？"珍娜下意识地捂住听筒。

"你又在和谁打电话？"

外婆嘴里嘟哝了一句，手指不停拨弄门把手。

"和苏桑娜。你能稍微等一下吗？"

"苏珊娜？你在和苏珊娜打电话？我觉得吧，你们住得又不远，有什么话可以见面说嘛。"

"那是你觉得。"珍娜话中带刺。

"妈妈住家里的时候，你打电话也这么频繁吗？"外婆手指动作的幅度越来越大，"电话费很贵的，你知道吗？珍娜，你就不能多替你妈妈想想吗？"

"你就不能等会儿再说吗？"

珍娜恼怒地瞪着外婆。

"你花的可都是她的血汗钱啊！"外婆摔门走了出去。

"有本事给我买个手机啊，我自己付自己的！"珍娜隔着门冲外婆嚷嚷，然后重新拿起听筒。

"喂！"

"是你外婆吗？"

"没错！就是那个老太婆！"

"你可以筛分电话账单的。"

"什么？"

"我是说，你没必要买个手机，太麻烦了。你可以把家里的电话账单筛分开来，你付自己的那份就行了。或者你申请个分机什么的，这样就有自己的号码了。"

珍娜深深叹了口气。为苏桑娜，为外婆，为所有的一切。

"反正她快把我逼疯了！"珍娜几乎咆哮着说，"我再也受不了了！"

"你可以搬出去嘛。"

"我又不能一个人住。唉，真要疯了！"

"暂时搬出去一段时间嘛。你来我家住总可以吧？"

珍娜的脑海里浮现出和苏桑娜一家的日常生活：一个妈妈，一个爸爸，一个儿子，一个女儿，丰盛的晚餐后，全家人喝着咖啡谈天说地。多么平凡，又多么温馨。

多么令她渴望和向往。

"算了，"她最后叹了口气，"肯定不行。"

"说的也是，"苏桑娜也意识到自己的异想天开。

"一会儿见吧。我先挂了。"

"嗯，别真的发疯啊。"

"我尽量。"

第三十三章

星期一。楼下有一条走廊，走廊两边竖着一排一排的储物柜。

走廊的北边，一个男孩正要向南边走去。他叫萨卡，今年十五岁。

走廊的南边，一个女孩正要向北边走去。她叫珍娜，今年十三岁。

在走廊的中间，他们将会相遇。

他的身后跟着一群朋友。

她的身后跟着一个朋友。

在走廊的中间，她整个人将会被点亮，将会充满阳光和活力。她还不能确定即将迎来的这场邂逅，但她将会微笑，将会期待。

但就在相遇的一瞬间，确切说，就在她以为注定相遇的一瞬间，他将会被身后一个朋友讲的笑话所吸引，他将会笑得前仰后合，兴奋到扭头寻找笑话的来源。他将会转向另一个方向，将会避开她的目光，将会错失这场本应发生的邂逅。

在走廊的中间，他们将会相遇。

然后擦身而过。

如此而已。

第三十四章

和萨卡的事就算这么过去了。没看出好的趋势，也没有任何改观。过去就过去了。

但是，乌丽卡的生活却悄悄起了变化。

乌丽卡一连请了好几天假，有传闻说她和亨克分手了，但消息并不确凿。卡罗和丽瑟洛特虽然也只是了解个大概，但还是津津乐道为大家答疑，享受成为焦点的感觉。

乌丽卡终于出现了。一回到学校，她立刻聚拢了所有光芒，重新成为中心人物，一切似乎都回归到从前，至少表面看来如此。

"嗨，珍娜！"

珍娜正在自己的储物柜里翻找作业本，冷不丁被乌丽卡从后面戳了一下。不远处的苏桑娜朝她们斜睨了一眼，棕色的眼睛里满是惊讶。珍娜不知道该说什么，也不知道该如何面对乌丽卡。派对那晚她们的确手拉着手，还挺亲昵，可当时乌丽卡喝醉了，况且屋内灯光又暗，昏蒙蒙的。

而现在是大白天，又在学校，情况完全不同。

珍娜愣在原地，有些反应不过来。

"嗨。"她干巴巴地说了一句。

乌丽卡瞥了眼珍娜的储物柜。课本都是按科目排列的，笔记本也堆放得整整齐齐。珍娜恨不得将它们立刻打乱。

"不错。"乌丽卡说。这评价未免有些奇怪，所有的储物柜不都一个样嘛！

"哎。"珍娜迅速锁上柜子。

苏桑娜朝珍娜使了个眼色，做出疑问的表情：她想要干吗？珍娜咬住嘴唇没有吭声。

"我说，周末过得还开心吗？"乌丽卡往储物柜上一靠，歪着脑袋问。

"嗯……嗯，当然开心。"珍娜赶忙答道，她是真心的。

"我就知道！"乌丽卡似乎很高兴。"我也觉得，派对真是太爽啦，真没想到居然来了那么多人！"

"是啊。"

"我们应该再开一次！"

乌丽卡用炽热的目光注视着珍娜，倒让珍娜不好意思地低下了头。她还不习惯乌丽卡主动的示好和亲密，她所熟悉的乌丽卡傲慢而冷漠，除了要口香糖和问作业外，都懒得搭理自己。所以现在这样，她反而不知如何是好了。

卡罗和丽瑟洛特手挽着手，嘻嘻哈哈地出现在乌丽卡身后。

"抽烟吗？"卡罗冲乌丽卡晃了晃一盒新开的特醇万宝路。

乌丽卡看了看珍娜，再看了看卡罗，又看了看烟盒。

"抽啊。"她爽快地做了决定。

卡罗伸出手，拨开黏在乌丽卡前额的一绺碎发，乌丽卡在卡罗脸上亲了一口，表示感谢。

"拜拜！"临走前，她朝珍娜挥了挥手。

等乌丽卡姐妹团一走远，苏桑娜赶忙凑到珍娜身边，胸前紧紧抱着课本。

"什么情况？"她狐疑地打量着三个越来越小的背影。

"我哪知道？"珍娜耸耸肩，"莫名其妙。"

第三十五章

珍娜坐在书桌前，来来回回地晃着椅子。她觉得过意不去，可内心又的确不乐意。

"那你就不去咯？"外婆问了最后一遍。

外婆就站在珍娜房间门口，一张写有"**进来请先敲门**"的字条横在门板中间，纸张已经微微有些泛黄，算来贴了也有五年多了。

"哎，我就不去了。"珍娜心虚地答道，装出埋头写作业的样子。

"没事，也不是一定要去嘛。"外公突然从外婆身后冒出来。

"嗯，你确实也没必要去。"外婆附和道。

不知道是不是偏见，珍娜总觉得外婆的语气有些尖锐。

珍娜今天不跟他们去医院了。妈妈住院已经有好几个礼拜，珍娜只能从电话里听见妈妈温暖的声音，因此感觉时间过得特别漫长。

虽然如此，珍娜仍然决定不跟他们去医院。

"问妈妈好，替我抱抱妈妈。"她说，"我晚上会打电话给她的，老时间。"

"没问题，"外婆答应道，"你就放心复习功课吧。"

"祝你好运！"外公用英语来了一句，因为珍娜谎称她明天有一门英语考试。

外婆笑了。

外公笑了。

珍娜笑了。

好假。

走吧走吧。

他们走了。屋内顿时安静下来。珍娜知道自己这么做有多任性，有多不合适。以前她总是跟着去的，而且一有机会就去。她会带上苹果、糖果和玛瑞塔写的信，坐在妈妈硬邦邦的病床边，有说有笑地聊起最近发生的新鲜事。

外婆和外公在场的时候，外婆总是说丽芙看上去又精神了不少，珍娜在一旁频频点头；外公经常和护士开玩笑，惹得妈妈哈哈大笑，珍娜于是跟着笑两声。她只需要表现得像个机器人一样，再简单不过。

可今天，她做不到。

她再也回不到过去了。

"讨厌，更讨厌，最讨厌！"珍娜嘟囔着英语形容词的比较级。

叛徒。她就是一个叛徒。可她真的再也不想去医院了。她不想看见妈妈住院的样子：脸色惨白，额头上满是因病痛而产生的皱纹，孱弱的身体在黄色毯子下不住颤抖，手臂上插满输液管，床头堆满了药片：圆的，长的，胶囊的，粉末的。

珍娜不想眼睁睁地看着妈妈消失。

不想多看妈妈一眼。

因为，躺在医院里的那个，已经不再是她熟悉的妈妈。

第三十六章

她和萨卡之间永远都不会有交集。现在不会，以后也不会。

当然，萨卡会主动和珍娜打招呼，聊聊天气，问问最近情况之类，但也仅限于此。和乌丽卡一样，派对那晚萨卡也喝多了，已经完全不记得发生过什么。

珍娜·威尔松和萨卡·拉伊科维奇可能就是没缘分吧。

"可你们接吻了啊！"苏桑娜替珍娜着急，"要知道，那可是你的初吻啊。你的初吻是给了他的啊。两个人接吻应该有点意思吧，总不至于……不至于什么意思都没有。"

"可现在就是这样，"珍娜沮丧地说，"什么意思都没有。"

"真是奇了怪了。"

苏桑娜今天的任务是挑选送妈妈的生日礼物。她和珍娜走进一家名为"玻璃屋"的小店，这是城里颇受欢迎的礼品店，店面不大，层层叠叠的货架上摆放着各式各样的小玩意儿，显得有些局促。像她俩这样背着书包挤来挤去的，一不小心就会刮到蹭到。

"有什么奇怪的。"珍娜感觉自己的口吻像个大人。

她和男生接过吻了，所以她的确向成人世界迈进了一步。没错，苏桑娜发育得是比她早，胸是比她大，也刚有了初潮，可是和男生接吻这事，肯定更有象征意义吧。

尽管这个吻不代表什么。

"唉，你肯定很伤心。"苏桑娜边说边从台面上拿起一只陶瓷猫，同时向珍娜做出询问的表情。

"哎呀，不行不行！"珍娜撇撇嘴，像浑身起了鸡皮疙瘩，"丑死了！"

苏桑娜将"丑死了"的陶瓷猫放了回去，继续挑选。最后她总算选中一个满意的花瓶，问过价格，付了钱，还得到了免费包装。眼见珍娜和苏桑娜背着鼓鼓囊囊的书包推门走了出去，柜台后留着长指甲的店员女孩这才松了口气。

回家路上，珍娜一直很沉默，苏桑娜则兴致勃勃地说起自己即将参加的一场场的障碍赛，她不无骄傲地宣布，教练甚至请她为初学者讲授理论课程。珍娜敷衍地说着好啊，那真不错之类的话，可实际上什么都听不进去。

唉，你肯定很伤心。

珍娜当然很伤心。既伤心又失望。她的梦想完全破灭了，她的心碎成一片一片的。萨卡在走廊上和她擦身而过的那天晚上，她哭湿了枕头——别说打招呼了，萨卡连看都没看她一眼。

第二天清早醒来之后，珍娜暗暗发誓，经历过如此惨烈的挫败，自己再也不要见到萨卡！

永不！

绝不！

珍娜刚走出家门就后悔了。因为一看到走廊尽头的楼梯，她就幻想萨卡的身影会在那里出现。她甚至为此刻意多逗留了一会儿。希望是最甜蜜的等待，也是最沉重的负担。

萨卡没有出现。

珍娜的整个世界就此崩塌。她被重重摔在地上，好在灰头土脸中，她还有一丝意外的安慰。

乌丽卡邀请她晚上去家里做客。

就在体育课刚结束的时候（苏桑娜照常又没参加），乌丽卡主动问珍娜，晚上要不要去她家坐坐。

"我们可以聊聊小组作业。"乌丽卡提议。

"小组作业？"

珍娜一头雾水。

"宗教课布置的那个嘛。我看过名单了，我们分在同一组。"

"这样啊……"

"晚上来我家吧。"乌丽卡语气十分笃定，"你知道我住哪儿的。"

很快到了晚上，珍娜开始紧张起来。她没有别的选择，只能硬着头皮赴约。

珍娜顺着楼梯往上走，耳畔仿佛响起苏桑娜的声音：什么情况？她到底在搞什么鬼？

什么情况？她也不知道。

珍娜刚要按门铃，乌丽卡已经开了门。

"我听见你上楼了，"乌丽卡一边解释，一边做了个手势示意珍娜进屋，"这房间的隔音效果真差。你们家也是吧？"

你们家。你和你妈妈的家。

不，你们家是你和你外婆外公的家。

"是啊是啊，一点点声音都听得见。"珍娜答道。

"要不说邻居成天抱怨派对吵嘛，特别是那个养狗的老太婆。"

"哎……"

珍娜脱掉外套，不知道该往哪儿放。

"给我吧。"乌丽卡从衣帽间取下一只衣架，"你去厨房坐着好啦。我摊了松饼，你吃吗？"

珍娜点点头，嗯了一声，又赶忙补充了一句那当然。她感到一阵尴尬，不由对自己有些生气。面对乌丽卡，她总是变得很不自然！大家都是同龄人，聊个天有这么困难吗？和苏桑娜在一起的时候，她要多放松有多放松，怎么到了乌丽卡这里就不行了呢？

因为她是乌丽卡啊。

乌丽卡将珍娜的外套挂好，然后走进厨房，坐在珍娜对面。乌丽卡，漂亮，自信，备受宠爱的乌丽卡。

"多吃点嘛。"她们一口气吃掉七块松饼，乌丽卡还在敦促珍娜，"怎么了，不好吃吗？"

乌丽卡脸上闪过一丝的迟疑，珍娜有些意外，赶忙回答说非常好吃。

"这是我吃过的最好吃的松饼了。"话说出口，珍娜才意识到自己有些夸张。

换作别人，大概要觉得珍娜虚伪，不过乌丽卡倒是由衷的高兴。

"那就好，"她说，"我经常摊松饼。我家基本就吃这个！"

她咯咯笑起来，端起杯子喝了一大口咖啡。

"啊？当饭吃吗？"珍娜记得外婆说过，松饼是一道甜点，可以根据个人口味涂抹奶油、蜂蜜或者果酱，但作为正餐绝对不行。

乌丽卡点点头。

"要么松饼，要么通心粉，就这两种。"她说。

"你妈妈不喜欢做饭吗？"

"她根本不会做饭。"

乌丽卡摇摇头。

"她从来不做饭。"她补充道。

"一次都没做过？"

话一问出口，珍娜就后悔了，她不该主动提起摩登妈妈的。

她当然清楚摩登妈妈的德行。摩登妈妈是个酒鬼。酒鬼是不会做饭的。他们只会喝得烂醉，满世界地翻垃圾桶，收集空酒瓶卖了换钱。

几乎是猝不及防地，乌丽卡说出了那个字眼。那个珍娜在心里反复默念，却不敢说出口的字眼。

"你知道的，她是个酒鬼。"乌丽卡一字一顿地说，似乎这是再正常不过的事实。

到目前为止，珍娜和乌丽卡聊过派对的有趣花絮，聊过体育老师约根刚刚结婚，聊过小组作业如何完成，但这些话题都无关痛痒，珍娜怎么都想不到，乌丽卡会如此平静地告诉她，自己的妈妈是个酒鬼。

珍娜不知道自己该说什么，甚至不知道该往哪里看。那一瞬间，她突然意识到自己的失态是多么令人反感。

"好多人都知道。"乌丽卡边说边在松饼上抹了厚厚的一层果酱。

"你不会觉得很麻烦吗？"珍娜小心翼翼地问。

乌丽卡耸耸肩。

"你说好多人知道这事？"她说，"和她住在一起才叫麻烦。"

乌丽卡咬了一大口松饼，果酱沾到了脸上。她伸出舌头，像雨刮器清洁车窗一样，唰唰两下舔得干干净净。珍娜没再多问，这个话题到此为止。

告别前，乌丽卡和珍娜说，她们应该会很快再见面的。

珍娜也这么想。

第三十七章

"她想回家过圣诞，但医院那边比较为难。"外婆叹了口气。

谈到这个话题的时候，他们正坐在厨房里吃晚饭。煮土豆、猪肉卷、蒸胡萝卜和西兰花配蘸酱。外婆一再强调营养搭配至关重要，并且要求珍娜多吃蔬菜。

"唉，那可怎么办？"外公陷入沉思。

外婆摇摇头，看了珍娜一眼。珍娜没说话。

"她的身体不比从前啊，"外公有些忧心，"稍微一动就会累。"

"能在家休养当然好，"外婆说，"可是，怎么说呢，万一发生什么意外……这担的责任可就大了。"

"所以说要和医院方面好好沟通啊。"

"那肯定。"

"再看吧。距离圣诞还有段时间呢。"

"嗯。"

"牛奶呢？"

珍娜突然问了一句，目光在餐桌上扫来扫去。外婆还沉浸在刚才的讨论中，一时有些晃神。

"哎呀，我是不是忘了拿出来？"她拍拍脑袋。

"她还是应该住回家来，毕竟是圣诞嘛。"外公努力冲珍

146

娜挤出一个微笑，试图获得些支持，却被珍娜扭头避开了。

"也对，毕竟是圣诞嘛。"外婆说。

外婆叉起一块西兰花塞进嘴里，迅速咀嚼起来。珍娜仍然没有表态。

让她说什么好呢？

珍娜以前最喜欢过圣诞节了。窗台上摇曳着圣诞烛光，餐桌上铺着红色桌布，冰箱上贴着小精灵造型的冰箱贴，院子里摆着瑞典特色的稻草羊，还有缀着满天星的圣诞树，五颜六色的圣诞卡片，充满惊喜的降临节①日历，美味可口的圣诞姜饼。

尤其是圣诞姜饼。

珍娜和妈妈总是一起制作圣诞姜饼。她们每人拿了一团面和一根擀面杖，站在操作台前，中间放着一只碗，里面装着形状各异的模具和烘焙工具。妈妈习惯开着收音机，刻意调大音量，用欢快的圣诞歌曲当作背景音乐，然后准备一瓶开好的圣诞特饮作为犒赏。并且，她们总会烧掉一只铝箔烤盘，导致报警器滴滴直响，于是妈妈手忙脚乱地催促珍娜将焦煳的一团扔出去，这一幕已经成为家里的圣诞传统。准确说，是曾经的圣诞传统，直到去年为止。

去年是珍娜第一次自己制作圣诞姜饼。

妈妈已经做不动了。

今年呢？

今年，妈妈可能连回家尝一口的力气都没有了。

所以珍娜现在讨厌圣诞节。

---

① "降临节"是"圣灵降临节"的简称，即五旬节。时间在复活节后的第五十天，是整个基督教会的生日。

"我才不在乎妈妈回不回家过圣诞呢。"

这句话珍娜没说出口，可她心里确实有过这种念头。或许她隐隐觉得，避开妈妈是件愉快的事，至少不用眼睁睁看着妈妈遭受病痛折磨的模样——那个号称癌症的恶疾，好多人都战胜了病魔，唯独没有妈妈。或许，珍娜并不在乎妈妈，她已经将妈妈从生活中抹去。毕竟，妈妈长久不在家里居住，妈妈一直躺在医院，还不知道要躺多久。或许，她再也不会回来了。

珍娜这才意识到，妈妈或许再也回不来了。

"我才不在乎妈妈回不回家过圣诞呢。"

珍娜将这句话埋在心里。她闭上眼，用力咀嚼着西兰花，强迫自己想点别的。

第三十八章

　　苏桑娜开始有意无意地躲着珍娜。珍娜几次抛出橄榄枝，想重修旧好，都被苏桑娜拒绝了。

　　"你，去找乌丽卡好了。"苏桑娜冷冰冰地说，"找乌丽卡去。"

　　珍娜没有争辩，默默走开了。她不情愿地承认，自己是被挑选的那个。挑选自己的，正是她和苏桑娜一直讨厌的人。苏桑娜现在仍然讨厌乌丽卡，或许更甚。然而珍娜。珍娜对乌丽卡讨厌不起来。她从没想到，默默无闻的自己，会突然被乌丽卡选中，亲热地挽着胳膊参加派对。

　　但这的确发生了。

　　她成为乌丽卡挑中的对象。

　　没有任何预兆，珍娜和乌丽卡的交往突然频繁起来。放学后，珍娜会跟乌丽卡一起回家，在松饼或面包片上涂抹厚厚的奶酪和黄油，就着咖啡大嚼大咽。每当经过自己家的楼层却不用回家时，珍娜都感到格外的轻松和惬意。

　　乌丽卡和珍娜聊天的时间越来越长，话题也越来越广，除了宗教课的小组作业外，她们还说到些别的。比如，乌丽卡告诉珍娜，她打算和亨克分手。珍娜不知道对此该如何评价，毕竟她没有多少和男生交往的经验。

珍娜和萨卡接吻过，然后不了了之。萨卡当时醉了，仅此而已。尽管珍娜在恋爱方面仍然青涩懵懂，乌丽卡还是毫无保留地透露出她即将分手的内幕消息。

　　"他对我太好了。"对于珍娜的疑问，乌丽卡是这么解释原因的。

　　"太好了？"

　　"嗯，百依百顺。他需要另找个女朋友。"

　　有几次，她们坐在厨房里越聊越晚，走廊里突然响起摩登妈妈的开门声。乌丽卡一把抓起她和珍娜的咖啡杯，一阵风似的躲进自己房间。

　　妈妈没戴假发的时候，珍娜也是这样，第一时间将来访的朋友推进自己房间。

　　然后，她们盘腿坐在乌丽卡的床上，继续刚才的话题。留下摩登妈妈一个人在厨房里焦躁地走来走去，嚷嚷着怎么哪儿哪儿洒得都是面粉，谁又不长记性没关咖啡机，家里怎么连一盒酸奶都没有？！

　　起初，珍娜一听到摩登妈妈醉醺醺的尖嗓子就害怕。

　　"慢慢就习惯了。"乌丽卡这么劝她。

　　乌丽卡的房间和珍娜想象中的完全不一样。丝毫不显得凌乱或叛逆，墙上也没有半裸男明星的海报。事实上，乌丽卡一张海报也没贴，墙上只挂了一张风景画，算是为单调肃穆的墙纸增添了一抹亮色。

　　"挺好看的。"珍娜指了指风景画。

　　"我爸爸画的。"乌丽卡说。

　　"他人呢？"

　　"他不在了。"

　　珍娜一惊，赶忙将指着画的手抽回来，但仍然忍不住

150

好奇。

"他……死了？"

"没死，"乌丽卡说，"可他不在了。"

第三十九章

"苏珊娜好久都没来了。"外婆和珍娜从阁楼里找到一箱圣诞装饰，合力搬下来之后，外婆突然对珍娜说了一句。

珍娜翻出一只帽子上破了洞的小精灵，嘟囔了一句。

"怎么？"外婆问，"难道不是蛮久了吗？"

"可能吧，"珍娜扬了扬手中的小精灵，"这个破了。"

外婆拿过小精灵，仔细看了看红帽子上的破洞和衣服上的褶皱。

"嗯，这是一只破破的小精灵，"外婆边说边把它搁到一边，"我们应该给家里添置点像样的圣诞摆设了。"

珍娜一把将小精灵抱过来。

"它有什么问题吗？"珍娜的语气比她想象中还要愤怒。

"没什么问题，"外婆赶忙安慰她，同时在箱子里翻来翻去，手腕上的金链发出叮叮当当的响声。"你自己说它破了嘛，我们总不能把一只破破的小精灵摆出来吧？"

"我就要它。"珍娜将小精灵紧紧护在胸前。

"我记得你说今年不想要圣诞装饰了？"

"我反悔了还不行吗？"

"哦。"

外婆低头继续忙活起来，梳了梳稻草羊身上的草束，又擦了擦圣诞星星的座托。

"我们可以请苏珊娜过来吃晚饭，"外婆提议道，"就明天吧，我们从医院回来之后，你说呢？"

珍娜避开外婆的目光，站起身，推说要去上厕所。

"你们闹别扭了？"外婆冲着珍娜的背影小心翼翼地问。

"没。"珍娜头也不回，然后砰一声关上洗手间的门。

她解开牛仔裤的扣子，脱下内裤，坐上冰凉的马桶圈，这才发现自己来了初潮。

❧ 第四十章 ❧

　　第二天，**珍娜跟着外公外婆**去了医院。

　　一来，找各种理由推脱，倒不如听命行事来得爽快。二来，梦里妈妈的声声呼唤折磨得她心神不宁，于是珍娜跟着去了，路上还晕了车。

　　医院走廊里充斥着消毒水的气味，映入眼帘的是再熟悉不过的一切：柔和的色调，白色的地砖，训练有素的护士。早起时的恶心感再度向珍娜袭来，她想要转身逃回家去，但理智告诉她不可以。她只能沿着漫长的走廊机械地迈着步子。

　　妈妈的病房和记忆中的一模一样，医院里的器械和摆设都没变过。时间仿佛在这里静止，直到有人康复，有人去世，病房换了主人，玻璃瓶里插上新鲜花束。

　　"珍娜！"

　　珍娜走进十三号病房，第一眼看见的就是妈妈苍白而惊喜的面孔。外婆走上前，轻轻拍了拍珍娜的后背。

　　"瞧瞧谁来啦？"她说。

　　"你的乖女儿。"外公接了一句。

　　珍娜几乎是扑向妈妈的怀抱。她这才意识到自己有多么想念妈妈，而妈妈的变化又是多么的大。距离她们上一次见面，已经过去好久了吧？

她们好久都没有面对面，你一言我一语地聊天了；好久都没有一起烤披萨，说说笑笑了；好久都没有坐在阳台上，边喝咖啡边吃点心了；好久都没有头靠头躺在珍娜床上，静静凝视着天花板上的夜光星星了。

"你在这儿真好，"妈妈将脸埋进珍娜的头发，呼出一团团温暖的气息，"你在这儿真好。"

"学校发生了好多事。"珍娜刚一开口，眼泪就盈满了眼眶。

她伸出手，摩挲过妈妈的额头，妈妈的脸颊，然后紧紧搂住妈妈的脖子。多么熟悉的感觉！

"嘘，"妈妈安慰道，一滴眼泪掉落在珍娜身上，"我都知道。"

"我们有点渴了，丽芙，"外婆一直站在门口没进来，"出门前赶时间，也没顾得上喝水。我们这就去买杯咖啡，你不用吧？"

"不用，多谢。"

"我们去去就回。"

妈妈点点头，怜爱地抚摸着珍娜的头发。外婆带上了门，珍娜立刻钻进被子，和妈妈紧紧贴在一起。

"你没穿病号服哦。"珍娜靠在妈妈的胸前撒娇。

妈妈笑起来，摸了摸身上那件丝绸睡衣，这还是外婆去年送的圣诞礼物。

"是啊，我想穿自己的衣服。"妈妈说，"感觉像在家里一样。"

妈妈伸手拽过床边一张带滚轮的桌子。几只医院制式的玻璃瓶里插满了鲜花，其中大多数是郁金香——妈妈最爱的花。珍娜好奇是谁送的花，她抽出插在花茎里的卡片，逐一翻看起来。

你是一个斗士。来自玛瑞塔，乌维一家的拥抱。

快回来吧！同窗姐妹团（她们是妈妈夜校手语班上的九个阿姨）。

你是最棒的，多保重。派尔（他是康复中心的职员，家里的淋浴座椅和木块沙发都是他帮忙安装的）。

我想你。送上无数个亲吻和拥抱。乌。

"这是谁？"

珍娜将那张署名"乌"的卡片递到妈妈眼前。卡片上的字体很漂亮，每个字都显得圆嘟嘟的，透着孩子气，最后一笔还弯成一个心形。妈妈从珍娜手里拿过卡片。

"一个朋友。"她说。

"男的吗？"

妈妈扑哧一声笑出来。

"拜托，当然不是！怎么会是男的？"

她摸了摸珍娜的脑袋，就此终结了关于卡片的讨论。珍娜侧过脸，紧紧贴在妈妈的胸口，专注地聆听扑通扑通的心跳。珍娜打小就喜欢这么睡，听着妈妈的心跳，享受着妈妈的爱抚，她觉得特别有安全感，世界上的种种纷扰仿佛都与自己无关。

"看。"妈妈指向天花板。

"什么？"珍娜揉了揉惺忪的睡眼。

"看那是什么？"

珍娜朝上看去。开始还有些迷迷瞪瞪的，看不太真切，但渐渐地，她在天花板上找到一颗星星的轮廓。就是珍娜房间里贴的那种夜光星星。妈妈第一次住院的时候曾问她要过一颗，每次换病房，她都央求护士爬上爬下地把星星挪个地方。十三号病房是她住过时间最长的一间。

"它还在呢。"

"完全看不清嘛，"珍娜说，"要到暗的时候才比较明显。"

妈妈缓缓地摇了摇头。

"不是这样的，"她低声说，"亮的时候它也在。许多东西，就算肉眼看不见，它们也是存在的。"

珍娜抬起头，怔怔地望着那颗孤零零的、皱巴巴的小星星。

"记住我的话，珍娜。"妈妈叮嘱她。

等珍娜回过神来，妈妈已经睡着了。

第四十一章

"圣诞节要放假啦，真开心！"乌丽卡伸了个懒腰，整个人作势往后仰，胸部也跟着晃了晃。

"真开心！"一旁的卡罗连声附和。

珍娜就坐在另一边。这是圣诞节前的最后一顿午饭，学校餐厅特意提供了圣诞姜饼和巧克力牛奶作为甜点。珍娜和乌丽卡坐一桌，苏桑娜远远地坐在另一桌，同桌的还有她在马场认识的两个高年级女生，丽娜和琳达。像这样的情形已经持续好一段时间了。

"难道你还不明白，乌丽卡为什么要找上你？"

上个星期，她们在学校外偶遇的时候，苏桑娜冲珍娜脱口而出这句话。苏桑娜的眼睛里噙满了泪水，那里面有愤怒，也有失落。

"你以为她不知道你妈妈的事吗？还是你觉得，别人被蒙在鼓里挺好的，你就装糊涂？真是见了鬼了，她怎么可能不知道？！你自己最清楚了！就你妈妈在门外摔倒那次，就是她帮的忙……"

"别说了。"珍娜别过脸去，但苏桑娜丝毫没有停下来的意思。

这些天以来，苏桑娜积攒起来的愤怒和失望仿佛洪水般奔涌而出，在地面上凝结成寒意逼人的冰层，迫使珍娜滑跌，摔倒。

"这可都是你自己说的！"苏桑娜越说越来气，"要说原因，也只有这一个！你要知道，珍娜，她主动找你可不是因为她喜欢你，而是因为她可怜你！"

珍娜将钥匙环紧紧压向掌心，皮肤上的勒痕隐隐作痛。苏桑娜突然发出一阵冷笑，笑声中丝毫没有往日的友好。

"很可能，她甚至觉得这事挺酷的，"苏桑娜哼了一声，"乌丽卡，巫婆乌丽卡知道等你妈妈一死，你就成为大家关注的焦点了！就是这样，珍娜！"

苏桑娜哭了起来。她哭得伤心极了，几乎快要喘不过气来。

"她一点也不喜欢你。她就是在利用你。"

说完，苏桑娜抹去脸上的泪痕，竖起衣领，挺直了腰板走向学校大门。她忘了锁车，苏桑娜从来没有忘记过锁车，珍娜有过一瞬间的闪念叫住她，叫她回来。但那只是一瞬间。

珍娜终究没有喊出那个名字。

"我烟瘾犯了，一起出去抽根烟吧？"卡罗将胳膊搭上乌丽卡的肩膀，央求地看着她。

"你们去吧，"乌丽卡拍了拍卡罗的手背，向丽瑟洛特使了个鼓励的眼色，又冲大安娜和小安娜迅速点了点头。"我和珍娜就坐这儿等着。喏，抽我的好了。"

乌丽卡从口袋里掏出一只皱巴巴的烟盒，准备分给大家。

"好彩牌的，够吗？"她问。

卡罗抓过一整盒烟，愤愤地瞪了珍娜一眼，腾一下站起身。丽瑟洛特赶紧挽住她的胳膊，大安娜和小安娜形影不离地跟在后面。

乌丽卡长叹了一口气，垂下脑袋，额头抵住桌面。

"我真是受够她了。"乌丽卡对着地板喃喃自语。

"卡罗吗？"珍娜愣了一下。

"是啊。她实在太烦人了。其他几个也是。你不觉得吗？"

乌丽卡抬起头，眼巴巴地看着珍娜。她画着浓黑的眼线，嘴唇涂成猩红色，脸颊和额头上盖着厚厚的粉底。

"怎么说呢，我和她又不熟。"珍娜一边说，一边思忖自己是否也该开始使用唇膏。

她每天都会轻轻地刷上一层睫毛膏。或许有必要再买支唇膏，要么先借妈妈的用用？

"你当然熟！我们在一起都多久啦，就从那个时候嘛……"

乌丽卡一时语塞，沉默地用指甲在桌面上刻出一道道划痕。

巫婆乌丽卡只是可怜你，她知道你妈妈要死了，还觉得挺酷。

"反正很久。"乌丽卡补了一句。"我保证，你对她的了解一点不比我少。"

"可你和卡罗，你们俩不是最要好的朋友吗？"珍娜问得很小心，她敏感地意识到自己在嫉妒，并且有些担心，"最要好的朋友"这个说法会不会有点可笑？

乌丽卡叹了口气。

"怎么说呢，卡罗和我是闺蜜，这是肯定的，"她说，"可我们俩是不一样的。很不一样。"

"是吗？"

珍娜有些意外。卡罗和乌丽卡给人的感觉就像搭档二人组：卡罗和乌丽卡，蝙蝠侠和罗宾，丁丁和白雪，劳雷尔和哈迪，苏桑娜和珍娜。

　　不，没有苏桑娜和珍娜。

　　她们不再是一对。

　　"嗯，"乌丽卡肯定地说，"我和她的的确确不一样。"

第四十二章

珍娜不止一次在楼梯口碰到萨卡。萨卡总是站在那里，像在等待着什么。

"你知道萨卡喜欢乌丽卡吧？"放圣诞假的前一天，苏桑娜从储物柜里整理出厚厚一摞课本准备带回家，突然冲旁边的珍娜扔出这么一句。

之后就再没说话。

萨卡喜欢乌丽卡。

萨卡永远都不会喜欢珍娜。

因为他已经喜欢乌丽卡了。

珍娜想，她不应该在意，萨卡已经是过去时。关于萨卡的这一页早该翻过去。珍娜想，萨卡喜不喜欢自己其实并不重要，学校里已经有其他男生注意到她刷了睫毛膏，并且和乌丽卡走得很近。乌丽卡笃定地说，就她所知，至少有两个男生公开表示过珍娜很漂亮。珍娜问哪两个，乌丽卡只是摇了摇头，神秘地说你会知道的，你肯定会察觉到的。你现在只需要回家，躺在床上好好琢磨一下我说的话是不是很有道理。怎么？这么多年以来，从没有过男生对你表示出兴趣？没有。

没有的历史即将改写。

为了庆祝珍娜的秋季学期顺利结束，外婆特地做了蛋糕，就连外公也提早下班，赶在珍娜进门之前回到家。

"我今天出门买了张 CD。"外婆冲操作台上一只小得可怜的音箱努努嘴。

"你都不知道好不好听就买啊？"外公故意激一激外婆。

"我当然知道！"外婆一脸得意，"正好有一批圣诞碟片打折，我就想着买一张嘛，我们明天烤姜饼的时候可以听，对吧，珍娜？"

珍娜忙着舔蛋糕上的奶油。

"你明天肯定要烤姜饼的吧？"外婆边说边拿出 CD，既是展示，也是规劝。

《绝对圣诞节》。

绝对不要。

"还用问，她每年都要烤姜饼的嘛！"外公在珍娜背上用力一拍，差点没把她拍进蛋糕里。

珍娜看看他们，又看看四周。屋子里摆满了外婆添置的圣诞装饰，窗前挂上了圣诞窗帘，桌上放着圣诞烛台，墙角多了圣诞盆栽。水槽擦得锃亮，地板拖得干干净净。她看看蛋糕，看看外婆，看看外公，突然有种灵魂出窍的错觉。

厨房里坐着三个人：一个上了年纪的男人，一个上了年纪的女人，还有一个青春期的少女。他们其乐融融地坐在一起，就像一家人。谁知道呢，珍娜完全可能是他们老年得子的意外产物。

一个普通的家庭。

一个全新的家庭。

"我们肯定要烤姜饼啊。"珍娜无奈地表了态。外公的目光太咄咄逼人，外婆拿着的 CD 反光又太刺眼。

外婆明显松了口气。

"太期待了。"她说。

肯特乐团的音乐成功盖过了门外的电视声响和外公外婆的笑声。珍娜坐在书桌前，手里握着萨卡之书，迟迟没有打开。她不想再次陷进去，或许扔掉才是最好的选择。

珍娜用手指摩挲过封面，指尖顺着凹槽和凸起起伏地游走。她从抽屉里拿出一把剪刀，刚将刀刃贴上页边，突然又后悔了。珍娜将目光投向窗前摇曳的烛光，灵机一动：干脆烧了吧。把萨卡之书烧得一干二净，更有效，也更决绝，就像电影里那样，女主人公将旧日恋人的物品烧得精光，不留下一丝痕迹。可万一烧着了房子可怎么办？外公外婆一定会惊慌失措地冲进来，责问她究竟在干吗？萨卡之书也就暴露了。

到了那一步，珍娜真没脸活下去了。

她重新拿起剪刀，刚要剪下去，电话铃突然响了，就此打断了她的剪书计划。

是乌丽卡。她问珍娜要不要租部电影来看。

珍娜挂掉电话，回到书桌前，原本混乱的思绪突然清晰了起来。

保留回忆是很重要的。

她跑到门厅，穿上一双拖鞋，三步并作两步爬上阁楼，将萨卡之书塞进一只落满灰尘的纸箱，严严实实地盖好盖子，然后径直奔向乌丽卡家。

第四十三章

　　妈妈在平安夜的前一天回了家，医院准了几天探视假。珍娜真希望妈妈能从此住回家里，但她也知道那是奢望。

　　平安夜那天早晨，妈妈抱歉地说，她实在没有力气挪到餐桌边吃早饭。

　　外婆准备好三个人的餐具，然后问妈妈是否需要将咖啡送到床边。

　　但珍娜不忍心丢下妈妈一个人。今天可是平安夜啊！外公，外婆和珍娜于是将面包麦片果汁统统移进妈妈房间，在她床边铺满了碗碟。妈妈露出疲倦的笑容，一遍又一遍地感慨回家的感觉真好，终于可以逃离医院，享受亲情的温暖了，并且又可以尝到外婆的手艺，每一样点心都那么可口。妈妈的眼眶始终是湿湿的，她解释说自己的眼睛对空气中的扬尘过敏。珍娜听完，默默地递上纸巾。

　　唐老鸭的表演开始了，外公用轮椅（轮椅，不是助步车）将妈妈推进客厅。出卧室时，外公先向后稍微退了退，然后一使劲，将轮椅咔嗒一声推过微微凸起的门槛。

　　"他的节目我可一次没错过。"妈妈指着唐老鸭说道。她吃力地在轮椅里调整了下坐姿，脸上流露出痛苦难捱的神情，珍娜看着，不禁心里一凉。

　　费迪南登场时，妈妈已经睡了过去。

在小蟋蟀吉明尼的歌声中，妈妈悠悠醒了过来，开始念叨窗帘的款式和塑料瓶的颜色。大家面面相觑，完全听不懂妈妈的话。外公和外婆相互使了个眼色，巴望着对方能说点什么缓解尴尬。

珍娜自始至终都沉默着。

"瞧我都干了些什么，"妈妈自己先笑了起来，"我肯定在说梦话呢！"

可妈妈的胡言乱语绝不仅限于梦里。拆圣诞礼物的时候，珍娜得到妈妈送她的一条玫红色珊瑚绒毛毯（事实上，了解珍娜心愿的人并不是妈妈，而是外婆），开心地走到轮椅前拥抱妈妈表示感谢时，妈妈突然抱怨起边框和形状都不符合要求。

"啊？"珍娜替妈妈理了理歪向一边的假发，不解地问，"什么边框？"

妈妈的眼睛里雾蒙蒙的，像是罩上一层纱。她伸出胳膊，不自然地大笑起来。

"我又乱说话了？"她自嘲地说，"这回又说什么啦？"

珍娜轻轻抱了抱妈妈，然后坐回到外公外婆中间。大家的神色都有些不安，外公突然捂住脸，站起身迅速走了出去。

"他去哪儿？"珍娜小声问。

外婆没有回答。

"你累了吧，丽芙？"她问这话的时候，妈妈的眼皮已经微微耷拉下来。

"有点儿。"妈妈勉强挤出一个微笑。

"差不多该休息了吧？"外婆问。

"是差不多了，"妈妈答道，"可我还想看唐老鸭呢。他的节目我可一次没错过。"

"唐老鸭表演过啦，我们一起看的。"外婆说。

妈妈将圣诞礼物放在膝盖上，紧紧抱着不肯撒手。汗水顺着她的脖颈淌下来，连衣裙的领口早已浸湿了一片。这是妈妈特意为今天准备的连衣裙，外婆帮她在市中心最大的商场买的。妈妈住院期间身形肿胀了不少，所以今天早晨试穿时，裙子紧紧地绷在身上。外婆连连惋惜，劝妈妈说要不要换一条舒服点的裙子，反正庆祝圣诞的都是家里人，她没必要为谁勉强自己。

但妈妈拒绝了外婆的好意，硬是将自己塞进了那条窄窄的新连衣裙。

"等等，"外婆刚将手握住轮椅的推把，妈妈突然说了一句，"我们怎么把照片忘了？"

外婆一时间没明白妈妈的意思，她轻轻抚摸着妈妈的头发——不，假发，柔声说你肯定是累坏了。

"我没乱讲话！"妈妈生气了，将外婆送她的圣诞袜扔到地上。

尽管袜子落地时几乎没有发出任何声响，珍娜还是本能地捂住耳朵。外婆赶忙走上前去捡起袜子。

"照片，卡片！"妈妈越说越激动，双手不住地颤抖，"我真的没乱讲话！"

"我不懂你什么意思，丽芙。"外婆向珍娜投去求助的眼神。

珍娜感到一阵寒意，默默攥紧了摊在腿上的珊瑚绒毛毯。

"我和珍娜说好明年要做圣诞卡的，"妈妈的情绪平复下来，口齿也清晰了不少，"我想用我们俩的照片自己做一张。妈妈，你能帮我和珍娜在圣诞树前拍张照吗？这么漂亮的圣诞树，做出的卡片一定也很漂亮。"

外婆点点头，似乎松了口气，说那当然，那当然，她乐意效劳。

"这样就很好，珍娜。"妈妈坐在轮椅里，和身后的珍娜以及圣诞树一起拍进了照片，"明年我们寄的圣诞卡一定很漂亮，你说呢？"

第四十四章

"你要是穿上文胸的话，效果肯定更好。"乌丽卡说。

她盘腿席地而坐，两腿之间的空隙内放着一瓶红酒。

"你拿去穿好啦，"她说，"看着特别精神。"

珍娜对着镜子侧了侧身，嘴角咧出一个笑容。不仅仅因为胸前"酷女孩"这三个字在镜子里左右颠倒，显得滑稽可笑；也不仅仅因为乌丽卡关于穿上文胸的提议；还因为这些天她的胸部的确发育了不少，而且在红酒的作用下，她的情绪也有些高涨。

今天是新年夜，她们在乌丽卡家。

前几天，外婆就问过珍娜新年夜的晚餐想吃什么，当得知珍娜不能在家和外公外婆一起过时（妈妈刚过完圣诞节就住回医院去了），明显有些失望。珍娜抱歉地解释说，自己要去乌丽卡家准备晚餐，恐怕没时间去医院探望妈妈了。

但这不是实话。珍娜去乌丽卡家是要参加派对的。萨卡也会来。她们正在为派对挑选合适的衣服，乌丽卡还替珍娜化了妆。珍娜满意极了。

"你就穿着嘛，"乌丽卡一边说，一边替自己又倒上一杯，"配上我的银皮带，保证好看。"

珍娜在乌丽卡身边坐下。惊讶地看着渐渐倒空的酒瓶。

乌丽卡喝了至少三杯，可能有四杯了。她才刚开始喝第二杯。况且在珍娜过来之前，乌丽卡和摩登妈妈已经在家里喝完几罐啤酒了。

珍娜啜了一小口红酒。

"你说呢？"乌丽卡一挥胳膊，拍了拍珍娜的肩膀。

珍娜一把扶住快要翻倒的红酒瓶。乌丽卡站起身，径直走到窗边，点燃一根烟，深深吸了一口，缓缓吐了出来。珍娜跟过去，默默坐在窗台上。

"你说呢，我要不要对萨卡主动一点？"乌丽卡问，"既然你说他喜欢我，那我是不是应该有所表示？"

"那当然，"珍娜也不知道自己是真心还是假意，可话就这么说出口了，"你当然应该主动。"

"唔，可能吧。我也单身好一段时间了。只是，今天亨克也在！"

乌丽卡夸张地揉揉额头，咕嘟嘟喝了一大口酒，又在嘴巴上补了点唇膏。

"该死，真麻烦！"她说。

"怎么了？难道他还对你念念不忘？"

"不至于。"

"那还有什么麻烦？"

乌丽卡摇摇头，猛抽了一口，顺手将烟递给珍娜，双手枕在脑后。珍娜僵硬地捏住香烟，看着忽明忽暗的烟头缓缓烧成灰烬。

"我还喜欢他，珍娜。"乌丽卡说完，挤出一个凄凉的微笑，"我还喜欢亨克。"

"啊？"珍娜差点被烟呛到，"可是，当初是你甩了他啊！"

乌丽卡点点头。

"我知道。"她说。

"我不明白。"

"所有人都不明白。"

乌丽卡的眼泪一下子涌了出来。珍娜有些不知所措，拿着烟的手不由自主地抖了抖，烟灰仿佛沾满尘土的雪片般簌簌落下，有些还未及触碰到地面，早已在半空中四散开来，飘然而逝。

"我讨厌我的生活。"乌丽卡突然说了一句，声音里明显透着哭腔。

黑色的眼线晕染开来，黑色的睫毛膏糊成一片，深深浅浅的颜色混成悲伤的斑马条纹爬上乌丽卡的脸颊。

乌丽卡张开双臂，仰头望向天空。

窗外，成千上万颗星星熠熠闪烁，趁着乌丽卡没注意，珍娜悄悄扔掉燃掉一半的香烟。

"我讨厌我的生活，"乌丽卡喃喃自语，"我知道我对你，对你的朋友，还有对其他人态度有多恶劣。对亨克也是，还有那些追我的男生。"

珍娜愣住了。

"对不起，"乌丽卡哽咽着，拉了拉珍娜的手，"我一直都知道，我说的那些话，做的那些事有多糟糕，多不可原谅。我就是个贱人！"

"我没觉得你态度恶劣啊。"珍娜有些紧张，不确定是不是要围绕这个话题继续下去。

就这样嘻嘻哈哈地相处多好啊。反正是乌丽卡主动接近珍娜的，谁在乎什么原因啊，开心一天算一天呗。

"你肯定觉得！"乌丽卡越说越激动，"你肯定觉得！你就承认了嘛。我知道你讨厌我，我一直都知道！"

乌丽卡弯下腰，想要拿回珍娜手中的香烟，没料到扑了个空。她悻悻地耸耸肩。

"我不讨厌你。"珍娜用尽量平静的口吻说。

"你应该讨厌我才是。所有人都应该讨厌我。"

"我不讨厌你。"

乌丽卡叹了口气，重新挺直身体。

"直到后来，我碰到了你妈妈。"乌丽卡陷入回忆。珍娜感到一阵恐惧，本能地将双手抱在胸前，做好防御的准备。

防御什么？

防御谁？

所有发生的一切，她已经无力改变。

"就我在外面碰到你妈妈，帮她忙那次，你知道是我，对吧？"乌丽卡继续说道，"我也不知道你会不会在乎，还让她替我向你问好来着……不管怎么说吧，你妈妈人真的特别好，等你外公回家的时候，我们聊了好久。我和她说了我妈妈的事，那天不正好是我生日嘛，我妈妈也不知道是忘了还是懒得过，反正提都没提……你妈妈一直很耐心地听我说，还特别理解我，真的。"

乌丽卡又拿出一根香烟。

"那一刻我突然意识到自己有多傻。你过得也不轻松啊。"

乌丽卡点燃香烟，双手不住地颤抖。

"每个人都有过不去的坎。"她闭上眼，两行泪水顺着脸颊滑落下来。在珍娜看来，乌丽卡，这个全校最骄傲最漂亮的女生，从未像现在这样动人。

"所以啊，你和我很像。"乌丽卡顿了顿，接着说道，"从某种程度上来说。我能理解你，你也能理解我。好比班里召开的那次筹备会？"

珍娜点点头，她不愿回忆，记忆却挥之不去。她的胃部阵阵绞痛。

"我的意思是，我知道那种场面让你觉得尴尬，我完全能理解，你妈妈也是这么说的。虽然当时我不太了解情况，但多少也能看出一点。"

"啊？我妈妈这么说的？"

"反正就是提了一句嘛。"乌丽卡不耐烦地摆摆手，似乎很反感讲话过程中被别人打断，又或者，这些话在她心里埋藏了那么久，她必须一股脑儿全部倒出来。

"不管怎么说，那天晚上也让我尴尬得够呛。你见到我妈妈的，她醉得不成样子！"

"大家都觉得她蛮搞笑的。"珍娜试图安慰乌丽卡。

"搞笑？！她可是醉着去的！"

乌丽卡瞪大眼睛看着珍娜，目光里充满了悲伤，珍娜真想要给她一个拥抱，给她一个安慰，但终究还是克制住冲动——还不行，还不是时候。

"所以我偶尔会逃学，"乌丽卡说，"咳，你肯定早就知道了。一旦有人没上学，学校里风言风语就特别多。"

"你都逃学去哪儿？"

"随便哪儿。或者哪儿都不去。"

乌丽卡静静地坐了一会儿，专注地抽着烟。她拍了拍珍娜的大腿，似乎在向对方保证，她和她的生活都会好起来的。

"你和我，太像太像了。"乌丽卡若有所思地点点头，"可你知道我们之间最大的不同是什么吗？"

珍娜摇摇头。

乌丽卡发出一阵近乎狂野的大笑，一口气喝干了杯中的酒。

"我没猜错的话，你最大的愿望是让你妈妈活着吧？"

这句话终于说了出来。残酷的真相沉重地落在珍娜和乌丽卡中间，但珍娜没有生气。乌丽卡有权利这么说，她说得没错。

"是的。"珍娜答道。

"嗯，"乌丽卡挑了挑眉毛，"那你知道，我最大的愿望是什么吗？"

"是什么？"

"让我妈妈去死。"

第四十五章

珍娜很迟才回家。

这次，外婆没有责备，没有训斥。她甚至没有起来，自始至终睡在外公身边，发出沉重的呼吸。但那呼吸有些刻意，不像是酣睡时的气息。

新年夜的派对精彩极了。珍娜和乌丽卡玩得很尽兴，真真正正的尽兴。乌丽卡喝得越多，话就越多，她一个劲冲珍娜嚷嚷，能和珍娜做朋友，自己有多么开心，多么幸运。珍娜对她而言是多么重要，她们在一起是多么合拍。她忍不住期待新的学期，新的学年，毕业旅行。你和我，珍娜！我们是最要好的朋友！我们两个永远不许翻脸，不许闹别扭！

珍娜回答说，自己对乌丽卡也是一样的。

萨卡整晚都表现得主动而殷勤：收拢归纳好易碎的摆设；打扫干净玻璃碎片；用螺丝刀拧紧突然松动的浴室门把手；时刻注意喇叭的音量不至于扰邻。当他终于灌醉自己，鼓起勇气想要和乌丽卡搭讪时，乌丽卡突然放声大哭，因为亨克和卡罗正在沙发里卿卿我我。乌丽卡光脚跑了出去，珍娜拎起乌丽卡的高跟鞋，跟着跑了出去。

珍娜喜欢萨卡，萨卡喜欢乌丽卡，乌丽卡喜欢亨克，亨克喜欢卡罗。

如果哭不出来的话，至少可以笑吧。

珍娜和乌丽卡在楼梯口挥手道别前，乌丽卡说明天估计是宿醉的一天，她们可以点外卖披萨，躺在沙发里看英国迷你剧。珍娜说听起来不错。乌丽卡于是亲了亲珍娜的脸颊，就像她对卡罗那样。

不，是之前对卡罗那样。

珍娜给了乌丽卡一个大大的拥抱。

珍娜回到家，蹑手蹑脚地爬上床，留着一盏床头灯，在房间内投射出一道微弱的光。她躺在床上望向天花板，盯着上面的一颗颗星星。它们泛出微微的蓝光，等待着被黑暗唤醒。如果眯起眼睛仔细看，会发现其中一颗星星背后藏着一张小纸条。

一首诗。

一句承诺。

妈妈，如果你死了，我就结束自己的生命。

它是这么写的。

事实也会如此。

珍娜忘了关上床头灯，就这样沉沉睡去。

第四十六章

去医院。

家里的电话铃响了，外公拿起听筒，外婆不安地站在一旁。外公点点头，挂了电话。穿鞋，穿外套，去医院。

情况不妙。

今天是星期天。明天是圣诞假期结束后新学期的第一天，可珍娜去不了了。明天，她不会沉默地坐在苏桑娜旁边（突然换座位显得怪怪的，还不如假装彼此看不见），不会有说有笑地出现在餐厅，也不会好奇地观察说她漂亮的那个男生（雅克布）有没有偷看自己（该死，她都快忘了这件事了）。

缺席：珍娜·威尔松。

"医生说，我们要开始陪夜了。"外婆说完，动作麻利地帮着珍娜将生活必需品收进洗漱包。

珍娜低下头，刻意回避浴室镜子里自己的脸。

感觉就像住酒店。又不尽然。住酒店至少还附带城市游览、购物、餐厅体验、博物馆参观、度假休闲等一应项目。

珍娜和外公外婆住在医院的陪护室内，陪护室放着三张病床，两张圆桌，还有一大摞黄色毛毯供他们取用。珍娜大脑一片空白，愣愣地坐在自己分到的床边，机械地握住洗得发硬的床单。

"告诉你们一下，如果有什么需要，可以随时找我。"名叫英格丽的护士特意过来交代情况，说完朝珍娜友好地笑了笑，珍娜本能地报以微笑，但很快意识到或许这样的反应并不合适。

或许她不该微笑。

或许这不是微笑的时候。

或许微笑代表着残酷和冷血，因为妈妈就躺在距离他们不到二十米的地方，在十三号病房里耗尽最后的生命。

不该发生的还是发生了。

珍娜的妈妈就要死了。

所有人都在等待死亡的降临。等待期间，每个人可以分到医院的一张病床，一块黄色毛毯，如果需要的话，还可以选择一杯黄色或红色的果汁。

在医院陪夜的第一天，珍娜和外公外婆没和妈妈说上话。她只是躺着，沉重而艰难地呼吸，没有睡着，也没有死去，只是……活着。

第二天，妈妈的意识稍稍清醒了些，勉强睁开了眼睛——那双湛蓝的、美丽的眼睛，那双令康复中心的派尔赞叹不已的眼睛。

妈妈哭了。

珍娜和外公外婆围坐在她硬邦邦的病床边。珍娜靠得最近。妈妈哭得不能自已，怀里还抱着拉格纳。也不知道是护士还是外婆，总有人把医院牧师请了来。

"亲爱的丽芙，"医院牧师走到妈妈的床边，握了握她浮肿的手，然后退到一旁，由珍娜和外公外婆接手。

"看到了吗，丽芙？"牧师的口吻中透出暗淡的平静，

"你所有的亲人都在这里。你看见珍娜了吗？她就坐在你身边，陪着你，丽芙。"

妈妈的目光在病房内四处游移，她试图聚焦在某一点，却始终无法做到。珍娜紧紧咬住嘴唇，努力不让自己哭出来。她不能流露出悲伤，因为妈妈已经够痛苦的了。坚强点，珍娜，你必须坚强起来！

可我一点也不坚强！珍娜恨不得呐喊出声，我是多么脆弱！

妈妈比你更脆弱。你必须撑下去。

"你爱的人都来了，"牧师继续说道，"丽芙，他们一直在这里陪你，哪儿都不去。"

妈妈先摇了摇头，又点了点头，然后颤抖着啜泣起来。珍娜不知道自己是否听得真切。窗外的天色已经暗下来，牧师开了灯，一名护士进来查看情况，确保所有的医疗措施都已准备到位。最后，妈妈终于停止了哭泣，呼吸渐渐减缓。珍娜握着她的手，妈妈闭上眼睛，似乎平静下来。伴随着吃力的喘息，她再次坠入沉沉的昏睡之中。

"她睡了。"牧师边说边用手搭在妈妈的肩上。

就在这时，外公突然一把推开椅子，头也不回地跑出病房。

"我受不了了！"外公临走前冲外婆丢下这么一句。外婆起身想要阻止，却没来得及。

"阿尔宾！"外婆哑着嗓子喊。牧师拍了拍她的后背，劝她说先别着急，不如让外公一个人静静，等过了这阵子他一定会回来的。

珍娜完全听不进牧师的这些安慰。诚然，他仁慈善良，通情达理，可他懂个屁！他知道失去世界上最爱的人，究竟是怎样一种感受吗？眼睁睁看着，却无能为力。那种无助感，他能体会吗？不能！他只会傻站在那儿，言之凿凿地宣称上帝的存在。

可能存在吧——在地狱里。

十三号病房外，外公蜷缩成一团蹲在墙角，哭得泪流满面。名叫英格丽的护士蹲下身来，递上一杯水，然后默默揽住他颤抖的肩膀。

珍娜朝另一边走去。

第四十七章

他们在等待妈妈死去的一刻。妈妈一死，他们就可以回家了。他们现在能做的，只有等待。她就快死了吗？怎么还没死？

陪夜的病床硬邦邦，冷冰冰的。珍娜仰面朝天静静躺着，她突然有些盼着妈妈死去。

一旦萌生这种念头，她的内心就油然而生一种恐惧：眼前的天花板，光秃秃的，一颗星星也没有的天花板，或许会突然掉下来，不偏不倚砸中她的脑袋。你不该独自苟活在这个世界上，知道吗？自私的年轻人，你知道自己究竟在想什么吗？你应该受到惩罚，知道吗？

知道吗？

珍娜牢牢盯住天花板，在心里默默祈祷。然而天花板纹丝不动，完全没有掉落的迹象。这是上帝的渎职。

眼泪又一次涌了出来。

止不住。

珍娜就这样，任凭眼泪无声无息地尽情流淌，她也不记得自己哭了多久，也许脸上的泪痕已经干涸，但内心的洪水却决了堤。

珍娜想要摆脱这一切。

她已经厌倦了。

她厌倦了悲伤；厌倦了和外公外婆一起去医院探视；厌倦了和外公外婆一起回家；厌倦了在电话里向妈妈倾诉最近发生的事；厌倦了家里没有妈妈的气味；厌倦了妈妈的房间不再属于她自己；厌倦了在自己需要的时候，妈妈不在身边。

你要坚强，你要给妈妈信心！

可珍娜不想再坚强下去！知道吗，这不公平！珍娜才是年纪最小的那个，珍娜才是需要呵护的那个，珍娜才该生病住院，才该由护士端汤送水，才该任性撒娇地提出各种要求。

珍娜再次坚定了自己的想法：让妈妈死吧！

她睁大眼睛，等待天花板掉落的一瞬。然而意外并没有发生，天花板依然光秃秃的，在黑夜里静静凝视着自己。

第四十八章

　　现在，**珍娜一个人站在妈妈的床边。**

　　外公外婆去楼下的自动贩卖机买咖啡了。珍娜想一起去吗？不，她不想。她只想一个人陪着妈妈。

　　妈妈的呼吸越来越沉重，头无力地歪在一旁。珍娜俯下身去，将妈妈的头挪正过来。

　　妈妈。还记得阳光灿烂的那个春日吗？我们坐在阳台上，你向外探出身子浇花，结果嗖地一下，义乳掉了出来。你哈哈大笑起来，我只好跑下楼捡回来。你担心义乳会摔坏，还好没有。

　　妈妈。还记得我们一起去溜冰那天吗？我切好了橙子，装在保鲜袋里，你做了热巧克力。可上冰的时候，你东倒西歪走不稳，活像小鹿斑比，原来你忘了摘冰鞋上的刀套！后来你摔了一跤，旁边一个男的看了直笑，你自己也跟着笑起来。你和我说，学会自嘲是很重要的。

　　妈妈。还记得我总是看你化妆吗？我坐在马桶上，观察你描眉画眼的每一个动作，觉得你好漂亮。我还喜欢帮着你挑选衣服。还记得吗，妈妈，你曾经说过，珍娜，等你长大了，我们就可以互相交换衣服穿了，对吧？

　　你还记得你说过这话吗？

　　妈妈？

　　你说过的话，现在不算数了吗？

第四十九章

　　该发生的还是发生了。

　　妈妈死了。

⁂ 第五十章 ⁂

他们回家的途中下起了雨。下雨自然在所难免，他们在车里流着泪，车窗上的一串串水滴，是上天的眼泪。外婆负责开车，珍娜坐在副驾驶的位置，外公半躺在后座上，哭个不停。

妈妈死去的那一瞬间，珍娜和外公正坐在陪夜的病房内玩纸牌，并没有听见妈妈的最后一声呼吸。

"她最后的气息很微弱，"外婆抽泣着说，"似乎所有的病痛和煎熬都随之消失了。她走得很安详，很平静。"

听到这里，外公攥紧拳头，向墙上重重捶去。一幅挂画应声而落，玻璃碎了一地，医院的护士们赶紧过来收拾残局。

珍娜从没见过死人。

外婆小心地问，你要见见她吗，珍娜？他们会为她整理遗容的，你要见见她吗？珍娜不知道如何回答，她怎么可能知道？她完全没有经验。

"我觉得还是见一面好，"外婆说，"他们都说见一面比较好。"

于是珍娜照做了。她最后一次走进十三号病房，妈妈躺在那里，一袭白色的睡袍。床头灯亮着，拉格纳就躺在妈妈微微蜷曲的手里，一切尽可能地显出宁静祥和。

珍娜亲了亲妈妈的额头。冷冰冰的。

"爱你。"她轻声说。外公已经跌坐在墙角。

外公的身体不受控制地剧烈颤抖，名叫英格丽的护士急忙跑过去安慰，外婆将外公的头拥在怀里，不住地叹气。

爱你。

非常非常爱你。

我的生活不能没有你。

回来吧。

求你了，妈妈。

别死。

没有你，我活不下去！

"我们快到了。"外婆拍了拍珍娜的膝盖，"你现在需要的是休息。好好睡一觉。我们就快到了。"

快到了。珍娜希望永远不要到。她不想回家，不想去学校，不想度过未来的日子。她拒绝面对新的生活。可怜的珍娜。大家现在肯定会这么想。

可怜的小珍娜，

嗨，我叫珍娜，我没有妈妈

她的妈妈刚刚死了，

从某种意义上说，我也没有爸爸

没错，是因为癌症。她生病了

因为最近十年，他一直住在斯德哥尔摩

也有好长一段时间了，至少八年吧。

他找了个歪鼻子女人，生了一对丑丑的双胞胎

的确很可怕啊！她还那么年轻！

我从没和他说过话

珍娜以后就要和外公外婆一起生活了。

所以从我两岁时起

据说他们要搬家，找一个新公寓。

我就没有爸爸了

现在他们还住在原来的地方，你知道的，就那幢灰灰的楼房？

既然他不管我们，我也不在乎他。

哎，是挺惨的，人生无常啊……你还要咖啡吗？

珍娜请了整整一周的假，打算一直休息到葬礼结束。外公外婆忙着打电话找新公寓，他们认为搬家是比较明智的选择，当然不至于去别的城市，毕竟珍娜的朋友都在这里，但需要换一套宽敞点的公寓。

卖掉他们的独栋别墅。

珍娜对即将到来的葬礼感到恐惧。她从未有过，也不想拥有这种体验。可她别无选择。葬礼结束后就要销假复课，而她对重返校园更加不安。她的出现应该会令所有人觉得尴尬，大家一定不敢正视她，只好低下头盯住脚下。谁都不敢上前和她搭话，说什么好呢？还能说什么呢？她妈妈刚死没多久，或许沉默才是最安全的方式，至少避免了无意中出口伤人的可能。珍娜自己当然不会多嘴，因为悲伤才是别人对她的期待。在未来的一段时间内，她应该会表现得比以往更为沉默，更为忧郁，每天放学后，她应该会被老师留下来，对她表示关心和理解，给她以安慰和鼓励。或许还会递给她一张写有电话号码的纸条，告诉她随时都可以拨打这个电话。

珍娜应该会满怀感激地接过纸条，为老师的心意感动不已。

转身之后，她应该会愤怒地扔掉纸条。

他们什么都不懂。

她应该会在走廊里徘徊，漫无目的，永无终点。她应该会撞见各种熟悉或陌生的面孔，那些以前并不认识珍娜的男生和女生，在报纸上读到珍娜妈妈的讣告后，应该会对她报以鼓励的微笑，眼神中流露出"我知道你的遭遇，你真值得同情"的意味。

现在，所有人都知道珍娜是谁了。所有人。

那就是珍娜。

那个死了妈妈的珍娜。

第五十一章

养狗阿姨在楼梯口停住脚步，侧过那张满是皱纹的脸。狗在珍娜脚边乖乖趴了下来。

"别太难过。"养狗阿姨说。

"他们都管你的狗叫'小赖皮'，你也别太难过。"珍娜说完，转身快步逃回家。

第五十二章

这间公寓里，妈妈的身影无处不在。

珍娜打开衣帽间，想找件暖和些的外套，妈妈就站在面前；珍娜站在浴室的镜子前刷牙，妈妈就躺在浴缸里，听着巴赫泡着澡；珍娜坐在沙发里看电视，妈妈就靠在旁边，珍娜习惯性地扭过头，想问她刚才播的那支广告是不是傻透了？

这时她才想起来。

妈妈已经不在了。

外公外婆将买房视为眼下最重要的任务，成天在电话里询问面积多大，房价多少，设施如何，与此同时，珍娜游荡在外面的时间越来越长，她没有哭，只是不停地走。很快就是葬礼了，外婆说，最糟的阶段就要过去了。可她不明白。最糟的阶段不是才刚刚开始么？

珍娜走到苏桑娜家楼下。她并非故意，只是刚巧路过。她已经好久没和苏桑娜见面，也没通过电话。从医院回来的那天，她在家门外的地垫上发现苏桑娜留下的卡片。上面写着：**想你。可以的话记得给我打电话**。可珍娜做不到。这个电话，她不能打，也不想打。

珍娜在外面一走就是几个小时，她感觉自己一连走了好几天，好几个礼拜，好几个月，好几年。这天她回来的时候，乌丽卡正站在大门外抽烟。珍娜的胃部抽搐起来，刚想掉头走开，可为时已晚。乌丽卡看见了她。

现在该怎么办？她要怎么做？乌丽卡会有什么反应？

然而。

她的担心都是多余的。

最暖心的一幕发生了。乌丽卡没有丝毫躲闪。她扔掉手里的香烟，冲过去紧紧抱住珍娜，哭得像个泪人儿。

"珍娜，"她哽咽着说，"亲爱的，怎么会……"

珍娜想要说别难过，没那么糟糕，想要挣脱出乌丽卡的臂弯。她不愿给别人惹麻烦，不愿让乌丽卡感到为难。但她什么都没说，也没有哭，只是静静地站在原地。

"我真的，特别特别想你，珍娜。怎么感觉过了好久好久？"

乌丽卡将脸贴在珍娜的头发上，嘤嘤地哭着，肩膀跟着一抽一抽的。

"我打电话找过你，"乌丽卡接着说，"我打到你家去的，可是没人接……"

"那是……"珍娜想要解释，可她说不下去，怎么都说不下去。

"我都听说了，珍娜，我难过得要命，快难过死了……"

珍娜拼命地点头，她不能哭，她不要哭。

"去我家好不好？"乌丽卡问，"我摊松饼给你吃好不好？"

没等珍娜回答，乌丽卡已经一把拉住她的手，用力攥了攥。

"走吧。"她说。

珍娜在乌丽卡家待了很久。

这感觉真好，真的太好了，她们俩从没有像现在这么亲密过。乌丽卡小心翼翼地提到珍娜的妈妈，并没有引起任何不快，反而挺温馨，挺自然的。相比于刻意回避，稍微聊聊其实更让珍娜觉得安慰。

"说到你妈妈，"乌丽卡说，"你知道我去看过她吧？"

"啊？是吗？"

"嗯，她住院的时候。我送了花。我……我觉得应该去看看，毕竟我和她聊了那么多……哎，她是那么和气的一个人，去看看总是应该的。"

我想你。送上无数个亲吻和拥抱。乌。

乌。原来是乌丽卡。

珍娜心中充满了感动。

松饼吃完后，乌丽卡又摊了一些。她们不想让夜晚就这样结束。在堆满了奶油、果酱、糖浆和香草冰淇淋的餐桌上，乌丽卡说起了自己的爸爸。那个尽管活着，却并不存在的爸爸。摩登妈妈怀孕的时候还很年轻，只有十六岁，爸爸则一走了之，音信全无。他是个艺术家。

"他现在应该住在巴黎之类的地方。"乌丽卡说完，揉了揉眼睛。

她今天没有化妆。素颜的乌丽卡看上去很不一样，不算难看，但和平时完全不同。珍娜很喜欢听她侃侃而谈，能够窥探别人的世界，从而暂时忘却自己生活的煎熬，不失为一种幸福。

"我爸爸住在斯德哥尔摩。"

说出这句话的时候，珍娜自己都感到惊讶。这是她第一次主动和别人提到自己的爸爸。

就连苏桑娜都不知道，珍娜有多么频繁地想起那个电话号码，又有多么渴望拨通那个号码，却迟迟不敢。以前，珍娜不愿提到这件事，可现在不同。发生了很多事，很多情况都不一样了。对于珍娜而言，袒露自己的心声渐渐变得重要起来。

"我常常会想给他打个电话，"珍娜语速很快，似乎生怕自己的声音突然失去力量，"可我一次都没打过。"

乌丽卡点点头，珍娜知道她能真真正正地理解自己。换作其他人，点头也许是种敷衍的表态，内心却是极其抗拒，不愿接收任何一点负面或消极的情绪，可乌丽卡不同。她愿意倾听，愿意体会。

"说不定哪天你就会打那个电话的。"乌丽卡说完，喝掉了杯中的咖啡，"等你真的愿意的时候。"

"可能吧。"珍娜答道。

"说不定我也会给我爸爸打一个呢。"

"也可能啊。"

乌丽卡想了想。

"不过，你知道法国的区号是多少吗？"她问。

第五十三章

他们是最后进场的。

他们是妈妈最亲近的人，也是最应该感到悲痛的。他们就像黑色的露西娅①之队，排成一列缓步前行，承受着来自其他人同情或关心的目光。

珍娜紧紧挨着外婆，还好外婆始终握着她的手。不然，她就算不会因晕眩跌倒在地，也会因压力落荒而逃。

教堂的墙角边，有人正在弹奏风琴。那是珍娜熟悉的旋律。妈妈躺在充满泡沫的浴缸里时，音箱里放的就是这支曲子。妈妈总是喜欢撒上浴盐，涂抹芳香扑鼻的按摩精油，在周围点起蜡烛，然后将头枕着浴缸的裙边，闭上眼睛，感慨道真舒服啊，真是莫大的享受啊！

巴赫。

G弦上的咏叹调。

回忆如潮水般将珍娜淹没，泪水夺眶而出，滴落在她的手背上，外婆的手背上。外婆也在哭泣，压抑而悲戚的哭声汇成一曲哀歌。

---

① 露西娅节（Lucia）是瑞典的传统节日，设于12月13日，旨在庆祝一年中最漫长的夜晚。被选为露西娅的女孩头顶象征光明的蜡烛，其他女孩手持烛台，男孩手持镶有星星的木棒，成为露西娅之队，进行烛光游行。

我们想你。

我们是多么想你啊。

牧师开始诵念悼词，珍娜听不进去；大家开始齐声低吟，珍娜也没有开口。领唱《安魂曲》的女士一袭黑衣，嗓音哀婉，珍娜却并不能为之动容。没有什么值得叫好，葬礼又不值得高兴，死亡就更不是什么好事了。

"我们要记住那些美好。"妈妈死后不久，外婆曾对珍娜说过，"我们拥有很多关于丽芙的珍贵回忆，珍娜，我们必须坚强，将那些美好记在心里。"

珍娜不理解外婆的话。正是因为美好，所以才令人伤感。她为之哭泣的，她拼命想要挽回的，就是那些珍贵的回忆！她怎么可能坚强得起来？

如果不能重温，留着那些美好还有什么用？

葬礼后的答谢宴设在临湖的一家餐厅内。换作平时，珍娜一定会惊叹于窗外美丽的景致，但今天，她实在无心欣赏。

出席葬礼的宾客里，珍娜认识的还不到一半。有些远房亲戚，珍娜只在圣诞卡的落款中见过他们的名字，还有些是妈妈以前通过工作关系认识的同事——在妈妈还上班的时候。

大家聚在这里，悼念着妈妈。

但任凭谁的感情，都比不上珍娜。

永远不可能比得上。

珍娜被安排在长条桌的尽头，和"姑娘们"坐在一起。"姑娘们"包括珍娜，姨婆的外孙女艾瑞卡，以及一个通过某种弯弯绕的方式攀上亲戚关系的女孩，她叫夏洛特，是一名素食主义者。

　　能再次见到艾瑞卡，珍娜打心底觉得高兴。她们暑假经常一起玩，外婆总是在后院摆上自己做的蛋糕和鲜榨果汁。但是随着秋季学期的到来，艾瑞卡去了城市另一边的高中念书，好日子也就结束了。

　　一开始，珍娜、艾瑞卡和夏洛特都不知道该聊什么好，只能沉默地切着土豆，蘸了酱汁往嘴里送，偶尔喝一口侍应生加满的柠檬水。可没过多久，艾瑞卡就拉着珍娜，回忆起过往的点点滴滴。她满脸堆笑，一边说一边急切地打着手势，在某方面还真挺像是姨婆的。活脱脱姨婆的年轻翻版。

　　珍娜，你还记得那次吗？

　　你还记得那年的夏天吗？

　　我永远也忘不掉那一天！

　　夏洛特始终安静地坐在一旁，礼貌地微笑着。珍娜也微微扬起嘴角——那些回忆的确充满欢乐。可她不敢笑得太夸张，毕竟刚刚举办完葬礼，笑总是不合适的吧？

　　艾瑞卡接着说起了"那一天"，她，珍娜，以及外婆邻居家的男孩马库斯搞出的一场闹剧。马库斯和几个哥们儿将珍娜和艾瑞卡锁进后院里的玩具房，后来马库斯壮起胆子钻进去，准备偷偷亲一下艾瑞卡。马库斯的几个哥们儿都凑在玩具房外面，透过窗户往里看。

　　"他准备亲我的时候，"艾瑞卡笑得喘不过气来，"居然披了块毯子！我只好躲在毯子下面，都快憋死了！他还不好意思呢！"

　　整件事都很好玩。马库斯的几个哥们儿一直在外面给他大声鼓劲，其中一个的弟弟年纪还小，按捺不住好奇心爬到玩具房的屋顶上，打开天窗，整个人倒挂着看热闹。

结果一不小心摔了下去，导致脚踝骨折。马库斯的妈妈当晚就被告了状。

不知是因为紧张，还是出于别的目的，艾瑞卡说得绘声绘色，滔滔不绝，盘子里的肉丸放凉了都顾不上吃。珍娜实在忍不住，开怀大笑起来。直到笑得直不起腰，她才偷空看了外婆一眼。外婆正和姨婆萨拉聊天，此时也迎着珍娜的目光对她报以微笑，萨拉也笑了。姑娘们聊得来自然最好不过。可怜的珍娜，这段日子她过得太不容易，脸上也该有点笑容了。

"你还记得吗？"艾瑞卡说得太高兴，一不小心将唾沫星子喷到了夏洛特的脸上，"你还记得吗，珍娜？"

夏洛特拿起纸巾，用力擦了擦脸。

你还记得吗？

你还记得吗，珍娜？

我们要记住那些美好，记住那些美好，要记住，要记住，记住那些美好。

除此之外，也不能做什么。

于是珍娜放声大笑，这其中有恐惧，有犹豫，有担忧，纵使她知道自己可以笑，应该笑，也必须笑，可当笑声撞击墙壁，在餐厅内久久激荡时，她还是觉得刺耳和厌恶。

第五十四章

当晚上床休息时，**珍娜有种怪怪的感觉。**

她不知道自己该做什么，确切说，不知道自己该如何表现。她该哭泣？该大叫？还是沉默地睡去？怎么做算对，怎么做算错？

一切都结束了，大家都这么说。好了，都过去了，一切都结束了，细碎的泥土雨点般砸向墓穴，覆盖住妈妈的棺材。

珍娜整个人钻进被窝，真切地感觉到自己湿润而温热的呼吸。珍娜紧紧闭上眼睛，咬住被单。她也被埋葬了。

埋葬在被窝里。

"珍娜？你睡了吗？"

门外站着的是外公。珍娜一把掀开被子。

"没有。"她答道。

外公小心地开了门，闪身进来。他穿着一身破破旧旧的睡衣——外婆讨厌的那套。外公只有感觉彻底放松时才会这么穿。

"所以你还没睡咯。"外公小声说着，轻手轻脚走进房间。

"还没。"珍娜答道，在昏暗中打量着外公。

外公几乎不剩几根头发。珍娜就不记得他有过头发的模样。

可是我有胸啊！珍娜小时候总爱埋怨外公的秃顶，外公于是这么打趣，然后掀起衣服下摆，拍拍自己厚实的胸膛，反问珍娜羡不羡慕。

珍娜当然不会了。

外公走到窗前，拉开百叶窗，看看外面是不是又下雪了。果然。

"真美啊。"他说。

"下雪的确很美。"珍娜表示同意。

外公转过身望着珍娜，同时迅速朝床边瞥了一眼，似乎在考虑是不是坐下再说。珍娜向墙壁一侧挪了挪，腾出些位置。但外公没有坐下，而是将目光移向天花板。

"很漂亮的星星，"他说，"就像真的一样。"

珍娜想起藏在星星后的那句承诺，胃部一阵阵抽搐。她不能哭，至少不是现在，不然外公又要伤心了。他已经哭了整整一天，眼泪都流干了。珍娜必须克制住自己的情绪。

"好在现在一切都结束了。"外公说，"我们应该向前看，珍娜。生活会好起来的，对吗？"

不对。

生活再也不会好了。

一切远远没有结束。妈妈的死不会就此结束。

此后的每一天，珍娜都将失去妈妈。

珍娜自己也会死的。

听到了吗？

我也会死的！

"那肯定。"珍娜看了看床边突兀的空位，那本来是让给外公坐的地方。

"你确定明天能去学校吗？"外公问，"你不需要在家多

199

休息一天吗？"

我能吗，外公？

我不能一直留在家里吗？

我不能逃避一切吗？

我如果就这么死了，你会生气吗？

求求你了，就不能让我去死吗？

"我确定，"珍娜答道，"反正在家也没什么意思。"

"打起精神来！"外公鼓励道，"你那么聪明，况且又能见到同学老师什么的，肯定没问题……"他拍了拍珍娜的脸颊，"赶紧休息吧，睡个好觉！"

为了让外公高兴，珍娜挤出一个微笑。外公的眼睛在暗夜里闪着令人温暖的光。他离开后，珍娜的内心渐渐冷却下来，她望着天花板上的夜光星星，一颗心越来越凉，跌入冰窖。

第五十五章

如果妈妈死了，她还是女儿吗？

第五十六章

感觉怪怪的，但总的来说，还行。

珍娜在衣帽钩下一堆大衣、围巾和帽子中间碰到了苏桑娜，对方给了她一个羞涩却真诚的拥抱。她们已经有相当长一段时间没说过话了，好像自然而然就变成现在这样，尽管交流不多，但珍娜还是从苏桑娜的拥抱中感到融融的暖意。

苏桑娜问珍娜是否收到卡片，珍娜说收到了，她很感动。善良的苏桑娜。

"我就是，到最后也没打电话。"珍娜喃喃说道，她又后悔又抱歉，好在苏桑娜都理解。

她有特权。珍娜的妈妈刚刚死了。珍娜是有特权这么做的。

珍娜和苏桑娜一起走去教室，一路都没有说话。看见乌丽卡出现，苏桑娜自动让开了。珍娜失落地凝视着苏桑娜的背影，可对方始终没有回头，而是径直来到储物柜前，开始同琳达和丽娜寒暄起来。

"你怎么样，珍娜？"乌丽卡伸出手，轻轻拨去珍娜耳边的碎发，"都还好吗？"

乌丽卡露出关切的微笑，珍娜担心自己的脸会垮掉，她试着咧咧嘴，居然也做出一个微笑的表情。

"嗯，"她答道，"都还好。"

她突然意识到，自己忘了问亨克和卡罗的近况。回想起来，乌丽卡的派对已经是好久之前的事了。

乌丽卡耸耸肩。

"亨克走了，"她说，"我不知道他在哪儿。可能去度假了吧。他爸妈经常出去玩。"

"那卡罗呢？"珍娜小声问，同时向不远处扫了一眼，丽瑟洛特、大安娜、小安娜和卡罗正凑在一起窃窃私语。"你们吵架了？"

乌丽卡用力摇了摇头。

"咳，毕竟不是一类人，处也处不长。"她说，"反正就是聊不到一起嘛。"

珍娜刚想问萨卡怎么样了，瑞典语老师斯文走了过来。他一只手里抱着厚厚一摞纸，用另一只手开了教室门，大家一拥而入。

然后蜂拥而出。

然后一拥而入。

如此循环往复。

一天就这么过去了。

珍娜当然能留意到大家注视她的目光，同学们都知道了，可他们不知道该说什么，不知道怎么做才不会出错。她当然也留意到老师的谨慎和宽容，他们并不指望珍娜能像平常一样积极主动，当他们布置作业，宣布明天之前完成时，当然已经将珍娜视作不能完成的例外。

他们对珍娜不作任何要求。

但她仍然拼尽全力。

珍娜只想冲那些猜测的目光和怜悯的神情大吼，死不是传染病！你们听到了吗？死又不会传染！

假设珍娜是一个毫不知情的旁观者，审视妈妈葬礼结束后这些天自己的表现，她绝不会猜到，学校走廊里那个按时上学下课的女孩，刚刚失去了最亲爱的妈妈。

珍娜表现得完全不像一个"死了妈妈的孩子"。

她不愿成为别人以为的那个珍娜。

于是，她强迫自己笑得更多，说得更多，参与得更多，表现得更多。所有人都接受了她的设定。或许他们的脑海中曾闪过一丝惊讶，或许他们觉得奇怪，她怎么一点也不难过？！

尽管如此，他们还是松了口气。

还好她没有破坏气氛。

毕竟，谁都不愿面对一个哭哭啼啼的同学。

珍娜决定继续下去。

第五十七章

外公外婆认为，珍娜应该去见心理辅导师。

他们觉得见总比不见好，心理辅导师毕竟受过专业训练，知道如何更好地处理这种情况。外公外婆很担心珍娜，入夜后，他们挤在妈妈的床上，讨论的话题总是围绕珍娜。这些，珍娜全都听在心里，她很不好受。都是因为她，外婆的皱纹又多了几道，外公的头发也掉得更多。

生活对她的考验似乎还不够多。

于是她同意去见心理辅导师。

所以她会出现在这里。珍娜暗自庆幸，还好偌大的候诊室内只有她一个人。她可不愿意让别人看见自己坐在这张屎黄色的沙发里，谁都知道她来这儿是见谁的。

心理辅导室门外亮着红灯，意味着心理辅导师此刻正在里面折磨另一个可怜的学生，残忍地从对方的不幸遭遇中挖掘感受，仔细观察对方细微的面部表情，然后自以为是地总结出答案。正因为专业，所以人们对心理辅导师的分析深信不疑。

珍娜不知道心理辅导师会提出怎样的问题，又会期待她给出怎样的答案。其中应该存在一整套系统吧，就像报纸上那些心理测试，有着"你是否真的粗心"或"你有多少成为明星的潜质"之类哗众取宠的标题。只要掌握了系统的运作规律，做出最优选择也就不是难事。

　　大概就是这样吧。

　　如果珍娜"答对了"心理辅导师列出的问题，或许就能"顺利过关"。心理辅导师会说，你和大多数孩子一样，一切正常，所以放心地去找同学玩吧，不必再回来了。这正是珍娜所期待的。这也是她这些天来，这几个星期，甚至要用这一生去努力，去实现的。

　　珍娜在心理辅导室外等了一会儿。

　　距离见面还差五分钟的时候，她走了。

第五十八章

他们来电话了。他们来电话了。他们真的来电话了。
到最后。

"我们今天下午就可以过去看！"

外公几乎叫了出来。他靠着吧台椅，将电话夹在头和肩膀之间，一只手在纸条上做着笔记。外婆站在他身后，红色的头发泛出迫切的光泽。她用抹布擦了擦手。

"真的吗？"她问，"是真的吗？"

"听见了吗，珍娜？"外公目光灼灼地看着门厅里的珍娜。

珍娜正要出门，她约好了和卡罗、乌丽卡一起喝咖啡。她有点紧张，不太确定卡罗的态度。尽管最近一段时间，卡罗和丽瑟洛特走得更近（丽瑟洛特有些受宠若惊），但她对珍娜和乌丽卡表现出明显的嫉妒。丽瑟洛特显然不如乌丽卡酷。学校里任何一个女生都不如乌丽卡酷。

"听见了吗，珍娜？"外公重复了一遍。"总算找到间像样的公寓了！我们今天下午就去看房。"

"谢天谢地，"外婆说，"真是太好了。"

"嗯？你到时候会回来吧？"

外公充满期待的眼神狠狠刺痛了珍娜。

"她肯定会回来的，"外婆安慰地拍了拍外公的背，"我们大家都很高兴嘛！"

珍娜真想一口拒绝，真想冲他们大吼要去你们自己去，去看那个讨厌的破公寓好了，我才不在乎它什么样子，反正它糟透了，以后也好不到哪儿去。我们无法搬离过去，无法摆脱烦扰，它们早已深植于我们内心，永远——记住了——永远都不会消失！

一切再也回不去了！

"嗯，我……"珍娜嘟哝着，低头系紧了鞋带。

皮质鞋面发出嘎叽嘎叽的摩擦声。

"下午三点半。"外公边说，边将小纸条钉在碎木屑压成的备忘板上。

老实说，公寓没有任何问题。

这是一套四室一厅结构的公寓，环境优美，特别适合带孩子的家庭居住。小区内随处可见葱葱郁郁的灌木和色彩鲜艳的木栅栏，此外还设有许多标有**"注意！儿童玩耍区域！"**字样的警示牌。

"你觉得呢，珍娜？"外公开车兜完一圈后，从后视镜里望着珍娜。

外婆特意刷了睫毛膏，唇膏也换了新的色调。她拉下副驾驶座位上的遮光板，掀开化妆镜，搜寻珍娜的目光。

"很不错啊。"珍娜实话实说。

的确很不错。预备留给珍娜的房间既宽敞又明亮，比她现在的那间大多了，从窗户看出去就是一个巨大的操场。珍娜站在窗前，久久凝视着几个包裹得严严实实的孩子玩着滑梯，荡着秋千。他们笑着，闹着，跑着，跳着，享受着无忧无虑的童年。

对很多人来说，生活就应该是无忧无虑的。

而对另一些人来说，整个世界已经轰然崩塌。

"你从小就喜欢往窗外看。"外婆的语气中透着欣慰，"她晚上能一个人坐在窗户前，看好久呢。"外婆转过头，对卖房的房东说道。

"娜娜就喜欢看星星。"外公一边补充，一边用指关节叩了叩墙壁。

珍娜哑然失笑，他们的话题怎么总围绕自己，就好像她是一个长不大的孩子似的。但现在不是顶嘴的时候。

"那边的湖里有好多鸭子。"房东答非所问，他一点也不想卖掉这么好的公寓，可是新找的工作在另一个城市，还能怎么办？

"我就喜欢鸭子。"外婆忙不迭点头，珍娜觉得多少有些虚伪，至少她从没听外婆说过喜欢鸭子。

她好奇的是，卖房的房东究竟怎么想。

他或许会想，啊，来了普普通通的一家人要买我的房子，又或者替这个叫娜娜的女孩感到惋惜，她的父母都已经这么年迈了，又或者，他看穿了外公外婆虚张声势的把戏？觉察到种种不对劲？

"哎，这房子真不错，"外婆走在前面，连声赞叹，"快来瞧瞧这间浴室！"

"还带浴缸呢！"外公和外婆一唱一和。

外公说出浴缸这两个字的时候，珍娜脑海里顿时浮现出熟悉的画面。说到巴赫，是一幅画面；说到郁金香，又是一幅画面；说到红色指甲油，说到手工皂，说到李察吉尔，说到卡夏尔的安娜安娜香水，说到自己烤的披萨，说到覆盆子果酱，说到照片，说到阳台，无数画面便像放映幻灯片似的——浮现。

妈妈的身影无处不在。

每每看到，珍娜的心都像针扎一样痛。

第五十九章

"好啦，一起去派对嘛！"珍娜陪乌丽卡去市中心买衣服，乌丽卡一路都在央求她。

"那个，我还不知道呢。"珍娜推脱道。

她们在 HM，乌丽卡试了一件又一件，可没有一件是满意的。珍娜觉得乌丽卡穿什么都好看，乌丽卡只是对着镜子撇撇嘴。

"说真的，我觉得卡罗不喜欢我。"珍娜将脑袋从试衣间的缝隙探进去。

乌丽卡猛地转过身来。她的头发因为反复地穿穿脱脱起了静电，张牙舞爪地四散开来。

"怎么会？"她惊讶地说，"她为什么不喜欢你？你为什么这么觉得？"

"就是一种感觉嘛。比如上次我们一起喝咖啡的时候，她都只和你一个人说话，从头到尾一直这样。"

"咳，她害羞嘛，怕生的卡罗。没什么的。"

"我觉得她不太高兴。看见你和我在一起，她生气了。"

乌丽卡耸耸肩。

"那就随她去吧。"说完这话，她总算挑中一件镶亮片的蓝色背心。

其他的衣服统统留在了试衣间的挂钩上。珍娜和乌丽卡排队结账时，珍娜看见一脸怨气的店员在试衣间进进出出，将乌丽卡试过的衣服一件件挂回去。

"不管怎么说吧，"乌丽卡自顾自说道，"反正我和卡罗说了，我会告诉你她开派对的事。既然她没说什么，那就是希望你去咯。"乌丽卡拍了拍珍娜的肩膀，"别担心，我们不会喝多的。"

乌丽卡说得倒轻松，就好像喝酒并不是什么丢人的事。学校里，大家经常八卦的话题就是，上周末谁喝得最多，谁又耍酒疯了，谁又吐得一塌糊涂，谁又被警察送回家。珍娜当然也觉得派对很好玩：一杯接一杯地灌红酒，赤脚在地板上跳舞，躲进洗手间说悄悄话……这一切诚然令人向往，可是现在，或许时机不对，或许她还应该再等等，小心行事为好。

毕竟，家里还有两个可怜的老人，挤在妈妈的床上，忧心她的未来——不，那已经不再是妈妈的床了！

她偶尔也会装作不在乎那两个可怜的老人。

但是，那两个可怜的老人是她唯一剩下的亲人了。

"我们一定会是全场最酷的。"乌丽卡信心十足。

说完，她递给收银台后的帅哥店员一张一百克朗的纸钞，投以一个暧昧的眼神，调侃了几句，然后咯咯笑起来。帅哥店员神情窘迫，手忙脚乱地取下背心上的防盗磁扣，嘴里哦哦嗯嗯地应付着，脸一直红到耳朵根。

乌丽卡因此多得到二十克朗的找零。

珍娜完全不清楚她是如何做到的。

"走吧！我们去喝咖啡！"乌丽卡提议，"将蹭吃蹭喝进行到底！"

卡琳之家吸烟区的沙发空着，乌丽卡将背包甩了上去

211

算是占位。她从墙上的广告栏里一口气撕下三十张优惠券，然后请珍娜喝了杯咖啡。

这时珍娜才发现，蒙古女玛琳坐在咖啡馆最里面的角落里。她看上去孤零零的，目不转睛地盯住窗外，一旦察觉到有人经过，便本能地将身体贴住墙壁。珍娜刚想要挥手打个招呼，突然意识到不妥：该死，她应该从没和蒙古女玛琳打过招呼吧？学校里好像就没人和她打招呼。

仿佛猜出了珍娜的心思，蒙古女玛琳突然转过头，凌厉的目光穿过缭绕的烟雾，一桌又一桌的甜点和咖啡，向这里投射过来。

蒙古女玛琳的目光里没有友好，只有恨意。但那恨意并非针对珍娜，而是冲着乌丽卡去的。乌丽卡自顾自坐着，骄傲地挺着胸，跷起二郎腿，抽着烟，一副怡然自得的模样。可能她察觉到了什么，也可能一无所知。

珍娜突然读懂了蒙古女玛琳的眼神。

这一切，也曾属于她。

然而时过境迁。世事变化无常，没有什么一成不变，没有什么可以永恒。

蒙古女玛琳霍一下站起身，愤恨地踢开椅子，三步并作两步地推开大门冲了出去，门上的风铃叮当作响。

叮当作响

有人来了。

萨卡、托伯、尼克和汤米（珍娜现在总算记住他的名字了）正好走进咖啡馆。蒙古女玛琳一头撞上托伯的肩膀。

"喂喂，看着点路哎！"托伯嚷嚷起来。

萨卡一眼看见吸烟区的沙发，刚想转身离开，他的三个哥们儿已经抢先走了过来。

"哼，真是个胆小鬼！"几个男生越来越近，乌丽卡不屑地说了一句。

"我们能坐这儿吗？"托伯瞟了眼乌丽卡的紧身打底衫，挤眉弄眼地问。

"坐吧。"乌丽卡在他眼前吐出一团烟雾。

尼克、托伯、汤米和尴尬的萨卡起身去点咖啡时，乌丽卡迅速凑到珍娜身边。

"瞧见没？"她愤愤地和珍娜耳语，"就上次他和我调情失败那事，他还耿耿于怀呢。这他妈都过去多久了。真够黏黏糊糊的！有完没完！我真怀念亨克啊！对了，你知道他交新女朋友了吗？"

"亨克？"珍娜问。

"不是，是萨卡！"见他们端着咖啡朝这里走来，乌丽卡赶紧坐回自己的位置。

珍娜摇摇头。不，她不知道萨卡交了新的女朋友。她已经很久很久没有想过萨卡了。她甚至有好久都没见过他，而现在，当他们终于再次见面时，她想到他那晚醉得有多厉害；她想到那个吻，曾经对她有多么重要，而那一切的发生是多么错误；她惊讶于时间居然已经过去那么久；她想到他在自己的派对上再一次喝到酩酊大醉，甚至公然向乌丽卡调情；她想到他其实和学校里那帮疯疯癫癫的男生一样，一样的幼稚可笑；她想到他现在的行为，胆小懦弱，黏黏糊糊；她怎么也不明白，自己为什么会觉得他很特别。

黑色的头发？

那又怎样？

"所以你一定要来参加派对，"乌丽卡说，"你应该好好放松一下嘛。再说，雅克布说不定也会去哦。"

乌丽卡眨眨眼，狡黠地一笑。珍娜也冲她微微一笑。珍娜根本不在乎雅克布，根本不在乎他是不是觉得自己漂亮。可是。她还是很高兴。

　　"好吧，"她说，"我去。"

第六十章

旧公寓里的东西开始一点一点被收拾归拢起来。

外婆跑东跑西，忙前忙后，一会儿打开衣帽间，一会儿爬上阁楼，一会儿又钻进地下室。她从伊卡超市拿来许多装水果的纸箱，在上面贴上"**易碎品**"或"**丽芙物品**"或"**厨房用品**"的标签。

你还没开始整理东西吗？外婆不时敦促珍娜，同时皱了皱鼻子，对震耳欲聋的音乐声表示无奈。

不是还有好多天嘛。珍娜总是这么回答。

哪有你以为的那么久！外婆几乎要抓狂，你得尽快开始打包了！

外公大部分的时间都耗在了独栋别墅，那里也有好多东西需要处理。他已经谈妥了一户买家，是一个带两个孩子的家庭，开沃尔沃，还养了一条名叫苏蒂斯的贵宾犬。

"你家里变得好空啊。"这周日，乌丽卡假借复习功课之名到珍娜家做客，她一进门就发出感慨。

她们两个都清楚，所谓的复习功课，不外乎吃吃喝喝，说说笑笑。好在现在珍娜总算爱上了喝咖啡。

"是啊。"珍娜答道，"空荡荡的，到了晚上和鬼屋差不多。"

"哎。"

乌丽卡仰面朝床上一躺，高高举起胳膊，手腕上的新手链闪闪发亮。

"瞧，"她说，"亨克送我的。"

珍娜拉过乌丽卡的胳膊仔细端详一番。

"真漂亮，"她由衷地赞叹道，"你俩又和好了？"

乌丽卡点点头，脸上泛着幸福的光。两个星期前，亨克突然出现在卡罗的派对上。他本来没有受到邀请，但设法打听到了消息，于是趁乱混进派对的人群。他整个人一副失魂落魄的憔悴模样，但还是无比坚定地站在了乌丽卡面前。当时，乌丽卡正端着一杯红酒坐在沙发里。正如她向珍娜许诺的那样，派对整晚她都只喝了那一杯红酒。

我来就是要告诉你，我要你。你懂吗，我只要你。

这一幕仿佛电影里的桥段，亨克亲吻乌丽卡的时候，周围爆发出一阵欢呼。乌丽卡在慌乱中失手打翻了酒杯，卡罗对着染了色的地毯气得直跳脚。

你知道吗，我真的太爱他了。乌丽卡事后向珍娜解释。这感觉太怪了，我那么爱他，那么害怕失去他，所以主动提出分手。但他明白我的心思，他对我是那么那么地好。

"你看，他昨晚在派对上给我发的短信！"乌丽卡将自己的手机递给珍娜。

珍娜一条条读下去。

（20:30）乌丽卡，你也在就好了。我无聊死了，快来吧！！！

（21:15）尼克吐了。他肯定喝多了，居然去向丽瑟洛特表白？！！我想你，明天见面好吗？

（22:31）现在就想见你！真的！

（00:19）乌丽卡。你是我见过的最好的女孩。爱你！

（01:59）我的绳命因为有你才完整。亲亲。

（03:12）我

"他后来肯定是醉了。"乌丽卡咯咯直笑。

"好可爱啊，"珍娜说，"我的生命因为有你才完整，还蛮浪漫的嘛！"

"绳命还是生命啊？"乌丽卡大剌剌地开玩笑。

门外突然响起犹豫的敲门声，打断了她们的哄笑。

"什么事？"珍娜问。

"哎，珍娜。"外婆从门缝里探出头来，"哟，乌丽卡也在啊。"

珍娜猜外婆应该不喜欢乌丽卡。因为在看到乌丽卡前卫得令人咂舌的服装风格后，外婆的眼神里流露出明显的不满。

"你能出来一下吗？"外婆问。

珍娜走出房间，轻轻带上房门。外婆勉强说完前半句，似乎并不知道如何接下去。

"那个，关于心理辅导……"外婆说。

"怎么了？"珍娜低头盯着地板。

"呃，"外婆的语气有些犹豫，"或许这话不该现在说，可我总觉得有必要搞搞清楚……你没去找过她吧，珍娜？一次都没有吧？"

珍娜也想撒谎蒙混过去，但她还是诚实地摇了摇头。

"怎么说呢，这事过去好一阵子了，我也不打算深究。讲真的，珍娜，你不觉得接受心理辅导是最好的办法吗？"

外婆试着从珍娜的眼神里找寻答案，可她一无所获，珍娜拒绝给出任何信息。

"你真的不这么觉得吗？"外婆仍然坚持，"你肯定……

你应该……我，不，是我们，我和你外公，我们都觉得，对你来说最好的办法就是找人聊聊……当然是专业人士。所以你不打算再去了？他们打电话来说，你想去的话，随时都可以去。"

外婆的口吻近乎恳求。珍娜坚定地摇了摇头，她一直在摇头。

"不用。"她说，"反正不是现在。我没打算要去。"

"可是，珍娜……"

"我说了不用。老太婆！你没听见吗？我没打算要去！"

珍娜自己都不知道老太婆这个词是从哪儿蹦出来的。她以前从没喊过外婆老太婆，甚至很少对别人大吼大叫，更别说骂骂咧咧了。但如此刺耳的字眼就这样不受控制地脱口而出了。珍娜不忍心看见外婆伤心的表情，一扭头跑回自己的房间。

乌丽卡已经从床上坐起来，正得意地摆弄自己的手链。珍娜挨着她坐下，旋即又站起身，挑了一张唱片放进唱盘，揿下播放键，然后重新回到床上。

"心理辅导。"乌丽卡完全不回避自己隔门偷听的事实，"你不打算去吗？"

珍娜摇摇头。

"为什么不去？"

"为什么非要去？"

"因为有用嘛。说不定不错呢。"

"我很怀疑。"

乌丽卡拨弄了一下手链，阳光折射出的璀璨光芒令整个房间都亮了起来。

"我自己还考虑去呢，"乌丽卡说，"都是我妈闹的。"

"真的吗？"

"嗯。我考虑很久了。而且有人……就是你妈妈……也劝过我……"

乌丽卡的神情有些羞涩，她沉思了半晌才继续说下去。

"可我不想一个人去。感觉上……怎么说呢，挺孤独的。"

妈妈劝过乌丽卡去接受心理辅导，她觉得，乌丽卡和心理辅导师聊聊会有帮助。

"要么我们一起去？"乌丽卡提议，"我不是说同时进房间和她聊，就是结伴一起过去，然后在外面你等我，我等你这样，说不定能好点。你觉得呢？"

"可能吧。"

"哎，怎么是可能呢，简直是一定的！拜托，我真的觉得很好啊！一起去嘛！我们就这么决定了吧？"

乌丽卡一脸期待。

"我帮你，你帮我？"她说。

"那……好吧。"

"放心，绝对没问题。"

珍娜将乌丽卡送到门口，互相亲吻过脸颊，说完我们学校见之后，一个人回到门厅。外婆正跪在地上，在一只纸箱里翻翻找找，整理，归类，打包。

珍娜站在一旁，默默注视了好久。她不知道外婆是不是有所察觉，至少她一直没停下手上的动作。

旧公寓的地板上，跪着刚刚失去女儿的外婆，正忙着将家里的东西收拾出来，打包装箱，搬去新公寓；几十里外的独栋别墅里，奔忙着刚刚失去女儿的外公，在卡尔松叔叔和本特松叔叔的帮助下将家居摆设进行最大程度的精简，他必须从实际出发，一个简简单单的四居室可塞不下这么多东西。

外公外婆都已经上了年纪，他们就像两棵深植于土壤的植株，用了这么多年才为自己建设起适合安享晚年的家园。

可如今。

这一切被珍娜连根拔起。

外婆仍然跪在地上，将纸箱内的东西一件件归拢整齐。珍娜忍不住扑过去，紧紧搂住外婆的脖子。

"对不起，"她抽噎着，整个身体几乎融进浓郁的香水气味，"对不起，害得你们要搬家……要这么折腾……"

珍娜不知道外婆是否听清了自己断断续续的忏悔，其中夹杂着太多的哭泣和鼻息。珍娜担心晕开的睫毛膏会弄脏外婆整洁的衣服，但外婆显然并不在乎，她伸出手臂，慈爱地将珍娜拥入怀里，一边抚摸她的背一边柔声安慰。

"我的好孩子，"外婆的语气里充满了疼惜，"别说对不起，千万别和我们说对不起。我的好孩子……"

她们就这样在地上坐了好久好久，久到珍娜几乎就要在外婆温暖的怀里沉沉睡去。就在半梦半醒间，她捕捉到外婆呓语般的喟叹：

"好孩子……是你救了我们哪……"

第六十一章

又是一个周末，外婆破例为珍娜准备了床上早餐。

"你昨天的打包很有效率啊。"外婆边说边将托盘放在床头柜上。奶酪三明治上撒了几粒葡萄干，牛奶巧克力的表面浮着厚厚的鲜奶油。

珍娜揉了揉惺忪的睡眼，满足地笑了。

"电影好看吗？"外婆侧过身，在床边坐下。

珍娜点点头，拿起外婆放在她身上的报纸。

"苏桑娜上报纸了，"外婆说，"她把珊改成桑了啊？之前听你这么叫，我还以为听混了呢。"

珍娜迅速地翻到当地新闻的版面，映入眼帘的是苏桑娜微笑的照片，标题是**"马术未来之星摘得场地障碍赛冠军——苏桑娜和雨果毫无悬念拿到全场最高分"**。

"她挺厉害的呀，"外婆说，"你想过恢复骑马吗？"

珍娜仔细端详起照片，用指甲轻轻划过苏桑娜的笑脸和雨果的嚼环。

她怀念骑马吗？不，她一点也不怀念。如果将人生比作一本书，骑马的岁月就好像她已经阅读过的篇章，不需要再往回翻，因为其间的书页里发生了太多太多的变故。

"没有，"她答道，"不过我在考虑，要不要开始打篮球。"

"是吗？"外婆来了兴致。

"嗯。体育老师建议的，这事他都说了好久了。他和篮球教练谈过，我愿意的话，随时都能去。"

"好消息啊！我真为你骄傲，珍娜！"

外婆表现出极大的热情和激动，她兴奋地搓搓手，笑得都露出了牙龈。

"你肯定会在篮球队里认识很多新朋友的。"她说。

"嗯，"珍娜答道，"再看吧。"

外婆又看了看报纸上苏桑娜微笑的照片。

"我们是不是应该送束花，向苏桑娜表示祝贺？"外婆提议。

第六十二章

　　珍娜坐在地板上。几乎所有的东西都打包好了，墙边堆起一排胶带封好的纸箱。

　　快了，她就快要搬走了。

　　珍娜望向窗外。外婆已经将边框和窗玻璃仔仔细细地擦了一遍，一只指纹印都没留下。十三年来，珍娜·威尔松在这个房间生活的痕迹，就此被清除得干干净净。

　　珍娜听见厨房传来叮叮当当的细碎声响，外公外婆和玛瑞塔正在进行最后的扫尾工作。玛瑞塔几乎每天都会过来帮忙。整理衣橱时，如果妈妈的气味稍稍浓郁了些，她就会崩溃大哭；她坚持承担清洁和打扫的粗活，外婆一直过意不去，不停劝她歇歇；她会小心地询问珍娜，还有什么能帮上忙的地方，珍娜总是摇摇头，乌丽卡已经帮了不少忙，她真的不需要玛瑞塔再做什么。

　　有什么需要尽管说，珍娜，想到就告诉我。遭到拒绝的玛瑞塔并不灰心。

　　她温柔的眼神似乎在告诉珍娜，我说的需要，并不只是搬家这么简单。

　　"珍娜？"外公敲敲门。

　　"请进。"珍娜答道。

　　外公虽然一脸疲惫，但明显心情不错。看见收拾得整整齐齐的纸箱，他不由得流露出惊讶的神色。

"真不错，"他说，"你都打包好了。"

珍娜点点头。她的膝盖上还放着一件 T 恤，它是苏桑娜的，所以不需要打包。珍娜打算周一上课时还给她，或者专程去苏桑娜家一趟也行。珍娜还没决定。

外公站在门口，就这样久久凝视着珍娜。珍娜盘起两条细长的腿，席地而坐，头发在脑后随意绑成一条松松散散的马尾，身上还穿着妈妈的套头衫。

"这是你妈妈常穿的衣服，"外公说，"你和她真是越长越像！"

外公的语气像是快要哭出来，但他没有，他欣慰地笑了。直到外公离开，那笑容仍然弥漫在空气中。

温暖了整个房间。

珍娜站起身，环视四周。空荡荡的，墙上空了，地上空了，但她突然想起了什么。

夜光星星。

她搬来外公的简易梯子，爬上去，将星星从天花板上一颗颗摘下来。尽管不住在这里了，珍娜还是可以带走整片星空。就在这时，她的手指突然触到了藏在星星后的那张小纸条。

一首诗。

一句承诺。

妈妈，如果你死了，我就结束自己的生命。

珍娜是认真的。她那时觉得自己快要撑不下去了，现在也是。可她必须坚强，必须勇敢地走下去。

现在，天花板也空了。

许多东西，就算肉眼看不见，它们也是存在的。

比如我，就算肉眼看不见，我也是存在的。

珍娜爬下梯子，手里紧紧攥着纸条。她从书包里找出一支笔，趴在地板上，摊开纸条，一笔一画地认真写起来。

224

第六十三章

在城市另一边的一个公寓房间内，一个女孩很快会爬上梯子，将夜光星星一颗一颗贴在天花板上。

夜幕降临后，这些星星会发出柔和而温暖的光。

女孩会选出其中最大的一颗，在后面贴上一张纸条。那是一首诗，学校的瑞典语课上，老师要求大家以爱为主题写一首诗，她写好后，改了又改。

这首诗很短。

只有两行。

女孩会将纸条藏在星星背后，爬下梯子，赤脚站在地板上。以后的每个夜晚，当她换上睡衣爬上床，钻进温暖的被窝时，都会想起这两行诗。她会沉沉入睡，再悠悠醒来，迎接和面对全新的一天。

这就是生活。

她会好好过下去。

妈妈，如果你死了，我会继续活下去。

为了你。

谨以此书纪念卡琳娜

图书在版编目（CIP）数据

屋顶上星光闪烁 /（瑞典）乔安娜·瑟戴尔著; 王梦达译.—北京: 中国国际广播出版社，2019.1（2024.1重印）

（北欧文学译丛）

ISBN 978-7-5078-4359-0

Ⅰ. ①屋… Ⅱ. ①乔… ②王… Ⅲ. ①长篇小说－瑞典－现代 Ⅳ. ①I532.45

中国版本图书馆CIP数据核字（2018）第216574号

著作权合同登记号 01-2017-7206

屋顶上星光闪烁

出 品 人	宇 清	
总 策 划	王钦仁	
策 划	张娟平 凭 林	
著 者	［瑞典］乔安娜·瑟戴尔	
译 者	王梦达	
责任编辑	高 婧 张娟平	
装帧设计	Guangfu Design｜张 晖	
责任校对	徐秀英	

出版发行	中国国际广播出版社有限公司 ［010-89508207（传真）］
社 址	北京市丰台区榴乡路88号石榴中心2号楼1701
	邮编：100079
印 刷	天津鑫恒彩印刷有限公司

开 本	880×1230 1/32
字 数	160千字
印 张	7.75
版 次	2019 年 1 月 北京第一版
印 次	2024 年 1 月 第四次印刷
定 价	48.00元

版权所有 盗版必究